SIETE DÍAS EN TOKIO

SIETE DÍAS EN TOKIO

JOSÉ DANIEL ALVIOR

Traducción de Daniel Casado

Ọ Plata

Argentina – Chile – Colombia – España
Estados Unidos – México – Perú – Uruguay

Título original: *Seven Days in Tokyo*
Editor original: Penguin Press an Imprint of Penguin Random House LLC
Traducción: Daniel Casado

1.ª edición: agosto 2025

Copyright © 2025 José Daniel Alvior
All Rights Reserved
© de la traducción, 2025 *by* Daniel Casado
© 2025 *by* Urano World Spain, S.A.U.
Plaza de los Reyes Magos, 8, piso 1.º C y D – 28007 Madrid
www.letrasdeplata.com

ISBN: 978-84-92919-99-4
E-ISBN: 979-13-87557-87-4
Depósito legal: M-13.790-2025

Fotocomposición: Urano World Spain, S.A.U.
Impreso por: Rodesa, S.A. – Polígono Industrial San Miguel
Parcelas E7-E8 – 31132 Villatuerta (Navarra)

Impreso en España – *Printed in Spain*

Para AG.

CAPÍTULO UNO

«Piso con Vistas», decía el anuncio. Se trataba de un pequeño estudio de primera planta que daba a un jardín trasero exuberante. Había una foto de un árbol, delgado, retorcido y con unas hojitas que relucían bajo la luz del sol, enmarcado por la ventana y la cama doble en primer plano. Tras él, medio escondida, había una casa con un tejado curvo con tejas que me iba a recordar dónde estaba. Me encantó y lo alquilé para una semana. Cuando llego, todavía está oscuro y hace demasiado frío como para abrir la ventana.

Temo que decidir alquilarlo basándome solo en las vistas pueda hacer que me salga el tiro por la culata, pero los aspectos más esenciales, gracias al cielo, son tal como los describen. Piso con Vistas es un lugar inmaculado, no tiene olores raros en las toallas ni en las sábanas y no encuentro excrementos de ratón ni nada que indique la presencia de cualquier otra plaga. El retrete funciona. Hay agua caliente. La cama es blanda, quizá demasiado incluso. Y todo está sumido en tanto silencio que casi me pone de los nervios. ¿Es que no vive nadie más en este edificio? Pienso en ponerme cómodo, pero estoy demasiado inquieto. ¿He llegado a dormir en el avión? No me acuerdo ni de las películas que he visto. Un día veré alguna de las escenas u oiré parte del diálogo y me entrará un *déjà vu*, estaré convencido de que ya las he visto pero seré incapaz de saber cuándo ni dónde, y acabaré optando por pensar que fue en un largo viaje en avión. Como puede que salir a pasear me despeje la mente, me pongo el abrigo y voy a explorar el vecindario. Tengo tiempo de sobra.

A solo una manzana del piso se halla la calle angosta que da a la estación de tren, pero sigo la marea de gente que se aleja de allí y se dispersa hacia callejones atractivos. Estoy en una zona del barrio muy viva, y la emoción me distrae de los asuntos más urgentes. Mientras se acercaba la fecha del viaje, he estado justificándome por qué lo hago, y ahora mismo me doy cuenta de que ya he superado la reticencia que tuve. *Ya has pensado en todo esto. No tienes por qué sentirte culpable.* Ya con un mejor estado de ánimo, el recelo deja paso al hambre, así que voy buscando algún restaurante interesante que no sea demasiado atrevido.

Paso por delante de un restaurante de ramen y, a través de la ventana, veo a un joven con la frente envuelta en una toalla blanca que prepara la masa detrás de la barra. Creo que no he comido nunca en un restaurante de ramen que prepare los fideos a mano, y desde luego el local está lo bastante lleno como para despejarme las dudas, así que entro y busco un espacio en la barra, donde, por suerte, hay menús con imágenes. El hombre de la masa me recibe y, cuando intento pedirle lo que quiero, me indica que introduzca el pedido en la máquina que hay junto a la puerta. La confusión que me ve en la cara le dice que soy turista y deja su masa de buena gana para ayudarme a entenderme con la máquina.

Se frota las manos y una nubecita de harina se disipa en el aire. Tras pulsar los botones correspondientes, mete en la máquina el dinero que le he dado y esta saca por la ranura un ticket de papel que indica lo que he pedido. Se lleva el papelito detrás de la barra para prepararlo todo.

—¿De dónde eres? —me pregunta en lo que mete una cestita metálica de fideos en el agua hirviendo.

Siempre es una pregunta interesante para mí y ya he aprendido a contestarla según el contexto. Si me lo hubiera preguntado en Nueva York, donde llevo más de diez años viviendo, le habría contestado que soy de Filipinas. Fuera de Nueva York, salvo cuando estoy en Filipinas, diría que soy de Nueva York. Esta vez, sin embargo, y por raro que me parezca, no respondo así.

—Soy de Manila.

¿Es porque Manila está bastante más cerca de Tokio que Nueva York? *Y hala, ya he vuelto a sentirme como que despierto sospechas.*

Tras menos de dos minutos, me sirve un cuenco de ramen muy parecido al de la foto. Doy un sorbo con la cuchara de madera y está hirviendo. Sonrío para mí mismo. Noto que el cuerpo se me deleita con esa calidez nutritiva, y resulta que he estado disfrutando del caldo más de la cuenta. El hombre de la masa, que resulta ser el propietario del local, comparte conmigo su pasión por preparar los fideos frescos. Según dice, muchas veces la gente se centra solo en el caldo, algo nada justo, y los fideos son solamente un añadido. Pero no, los fideos son igual de importantes. Me cuenta que cada tanda de masa es un poco distinta y que hay que saber cuánto tiempo cocinarla. A veces basta con treinta segundos, y otras tarda hasta cuarenta y cinco, pero todos los segundos son esenciales y la diferencia es enorme. Ahora que valoro más los fideos, parece que disfruto más de ellos. Sin embargo, por mucho que me guste el ramen, soy incapaz de terminarme un cuenco entero. Antes de irme, le aseguro que no debe preocuparse de la calidad de su ramen, y mucho menos de los fideos en sí.

En la calle de nuevo, me doy unos segundos para recuperarme. La temperatura ha bajado aún más y sopla una suave brisa. Una joven en bici pasa a toda pastilla y para mí solo es

11

una mancha borrosa, salvo por el flequillo cortísimo que lleva y que no se le mueve con el viento. Parece ir con prisa, como si fuera a llover de un momento a otro, y sí, el momento es este. Por suerte, he ido desplegando tras de mí un cordel invisible y he ido dejando miguitas de pan mentales para encontrar el camino de vuelta sin perderme.

Si bien no he deshecho las maletas siquiera, el abrir la puerta de Piso con Vistas por segunda vez me transmite la sensación de que llevo semanas viviendo aquí. Acerco una mano al interruptor de la luz como si estuviera en casa. He optado por darme una ducha, pero nada, ni siquiera las fotos, podría haberme preparado para asearme en ese baño. Está todo hecho de plástico hueco, como si lo hubieran sacado de un molde. Supongo que así es más fácil lavarlo todo a manguerazos, y sí, el desagüe que hay justo al lado de la bañera me indica que es así. Es tan pequeño que les doy codazos a las paredes con cualquier movimiento. Me encorvo sobre el lavabo para escupir y le doy a la puerta que tengo detrás con el trasero. Si en el súper vendieran baños, sería este modelo.

Después de la ducha, intento encender el aire acondicionado, que también es calefacción, pero, después de pasar un rato dale que te pego con el mando, no sale ni un solo soplido. Imagino que debe de estar roto, pero no es algo que no se pueda solucionar con un jersey y dos pares de calcetines.

Miro la hora. Me siento en el sofá corto que hay delante de la tele. Aún a sabiendas de que no voy a entender ni jota, la enciendo, solo que con poco volumen. Un rato después, justo cuando me he acurrucado para dormirme, oigo que alguien llama a la puerta con delicadeza. Y todo está tan en silencio que el edificio entero debe de haberse enterado. Me desprendo deprisa de la paranoia. *Nadie sabe que estás aquí. Nadie te vigila.*

12

Me levanto y abro despacio. La puerta se abre en silencio y lo primero que veo son los ojos azules que tiene, muy abiertos, como si se hubiera sorprendido. Apenas hay luz y, aun así, relucen como topacios de Tiffany's.

—Hola —me saluda Landon. Una sola palabra con ese acento y ya es más británico que nadie. Creería que es una parodia si no supiera que no es así.

—Hola. —Lo dejo pasar. Lleva un traje negro, con camisa blanca y una corbata verde con finas rayas rosas—. Conque eso es lo que te pones para el trabajo.

—Lo exige la academia. —Se quita sus botas Chelsea negras en el felpudo y deja su bolsa de deporte North Face también negra sobre los tablones de madera del suelo—. Qué cuco —añade, observando el estudio diminuto.

—¿A que sí?

—Es igual de grande que mi piso, solo que el mío tiene puertas correderas para hacer una habitación —dice, gesticulando como un arquitecto que presenta un plano—. Y tú tienes más ventanas.

—Según dicen, también hay unas vistas impresionantes del jardín de atrás.

—¿Cuándo has llegado?

—He aterrizado sobre las cuatro y media de la tarde y he llegado aquí a eso de las seis.

En lugar de mandarle un mensaje de inmediato, he esperado a que él me escribiera primero, aunque fuera tan solo un acto innecesario para hacerme el coqueto. ¿Acaso no he pasado dieciséis horas en un avión solo para ir a verlo? Aun así, no quería parecer más desesperado aún mandándole un mensaje nada más oír el anuncio de que ya podíamos encender los dispositivos en el avión. Y sí que me ha escrito él, un mensaje que he leído al salir de la estación, rodeado de la muchedumbre

13

que iba de un lado a otro mientras yo me plantaba en el andén. *Última conexión hace cincuenta y ocho minutos*, decía el mensaje, *así que imagino que no has muerto en una bola de fuego.* A eso añadió que no iba a salir del trabajo hasta las 09:30 p. m., lo que me ha dado tiempo de sobra para salir a pasear y a por ramen.

—He traído esto del súper —me dice, mostrándome una pequeña bolsa de plástico blanca—. Aunque imagino que ya has cenado.

—He ido a por ramen.

—Ya lo sabía —responde con una sonrisita.

—Por favor —le digo—, cena tú.

Se quita la chaqueta y la cuelga en el respaldo de una silla, luego se sienta a la mesa alta que hay a los pies de la cama y aparta una cesta con folletos y guías de la ciudad antes de abrir un envase de raíces cortadas de algo con agujeros en un patrón concéntrico. Debe de ser la dieta rara esa que sigue, algo sobre los probióticos que ya me mencionó. Vuelvo al sofá delante de la tele.

—¿Tienes algún itinerario? —me pregunta.

—Cuando pedí el visado presenté «un itinerario» —respondo, haciendo comillas con los dedos.

—Pues vamos a hacerte uno de verdad —dice, trasteando con el móvil—. A ver... Esta cafetería de jazz te encantará —empieza—, parece algo muy tuyo. Te dejaré las direcciones por escrito. Y ya que estás por ahí, puedes pasarte por el santuario este para lavar el dinero.

—¿Para qué quiero lavar el dinero?

—Se supone que te colma de abundancia. Y te pediré este libro, te ayudará a orientarte mejor.

—No, no hace falta. Eres muy amable, no te preocupes.

—No es nada, quiero regalártelo. Pediré que te lo traigan mañana.

14

—¿Seguro?

—Tengo que pedir un adaptador de todos modos y quería regalarte algo.

Después de cenar, va al baño a lavarse los dientes. No sé cómo se las arregla; a estas alturas ya debe de estar acostumbrado a todas las peculiaridades del país. Acabo de caer en que ya he usado las dos toallas que venían con el piso, ¿me pedirá una nueva? Cuando sale del baño, parece que ya ha terminado y apaga las luces. Me acompaña en el sofá pequeño y no hay espacio entre nosotros desde el hombro hasta el tobillo. El corazón me late al doble de la velocidad. Como si lo notara, me da la mano con fuerza mientras vemos a dos presentadores de noticias y el telediario más eufónico que he oído en la vida.

—¿Qué dicen?

—Hablan de todo el lío que hay montado con el primer ministro.

A decir verdad, no quiero enterarme de nada de eso y me trae al pairo, vaya. Lo único que quiero es existir en un mundo en el que solo lo entiendo a él. Que el mundo hable al volumen que quiera, que se griten entre ellos, que inhabiliten al primer ministro o lo que sea, que no me voy a enterar. Teñidos por la luz azul suave del televisor, me siento seguro. Me siento como si lo tuviera por completo.

Le apoyo la cabeza en un hombro y suelto el aire despacio. Esta vez es a él a quien se le acelera el corazón. Es asombroso el poder notarlo, el percibir cómo crece y se hincha como una ola en el mar. Y sí, unos segundos después, como si ya no pudiera evitarlo, me levanta la barbilla hacia él y me besa con tanto fervor como la primera vez, en la calle 17.

—Quiero quedarme —me susurra. Si bien no hace falta que me lo pida, me alegra un montón que sea así. Es lo que esperaba yo. Quería tenerlo toda la noche y así va a ser.

15

Unas horas más tarde, mientras observo cómo se va iluminando la ventana de vidrio esmerilado y las gotas de lluvia se van evaporando para revelar la silueta del elegante árbol de la foto, aquí lo tengo, durmiendo a mi lado.

Me alegro mucho de notar su presencia, lo cerca que está, su aroma, dulce y leve, casi imperceptible. El calor que le irradia del cuerpo esbelto que tiene bajo la manta que nos cubre. Al final no me ha hecho falta la calefacción. Me he despertado como una vez cada hora y me he alegrado todas las veces. La luz de la mañana, sin embargo, me ha dado la excusa de campar a mis anchas. Como un quinceañero enamoradizo, me quedo mirando el rostro que apretuja contra la almohada. Y no puedo parar. ¿Qué es? ¿Qué es lo que tiene? ¿Qué es lo que lo hace tan apuesto para mí? No es que tenga una cara capaz de salvar la industria de las revistas precisamente, pero en esta parte del mundo es exótico. Tiene un rostro altivo, de nariz larga y con un bulto en el puente y una complexión pálida con tendencia a sufrir brotes de psoriasis. Suele tener los ojos hundidos, con ese azul cristalino y frío. Pienso en despertarlo solo para vérselos entre esas pestañas rubias que tiene, una petición poco razonable que seguro que lo importuna y le hace gracia al mismo tiempo.

Hace cinco meses, estaba sentado en el borde de una cama mucho más firme con las mismas ganas de despertarlo, aunque mis intenciones eran menos frívolas. Tenía que irme del hotel para trabajar y él directamente tenía que irse de Nueva York.

Le apoyé una mano en el hombro y se despertó con un gruñido casi imperceptible, como incorpóreo. Por primera vez,

16

le vi los ojos a la luz del sol y eran incluso más azules de día, más fríos al amanecer.

—Se te va a escapar el avión —le dije.

—¿Cuánto tiempo tengo? —me preguntó.

—Un par de horas o así.

Landon se puso de lado y me apoyó la cabeza en el regazo. Su ternura me tomó por sorpresa, porque hasta el momento no me había mostrado nada más que un deseo desenfrenado, algo que no es que no hubiera recibido de buena gana, pero ya había decidido que a la mañana siguiente no me iba a gustar. Como respuesta, por instinto, le acaricié el pelo rubio oscuro que tenía. Debía de haber algo en la sensación simultánea de notarle el pelo entre los dedos y el aliento cálido que me soplaba contra el regazo, porque no pude negar que todavía me gustaba. Quizás incluso más. Y pensé que quería que aquel momento durara para siempre, quería capturarlo y aferrarme a él como si atrapara una luciérnaga con las manos. Y era absurdo, porque ¿cómo iba a quedármelo? Me reconforté con el poder determinar, en aquel mismo instante, que se trataba de un momento especial, un regalo. O, a veces, una maldición, en especial cuando hay que abandonarlo en aras de la practicidad de la vida.

—Voy a enjuagarme la boca asquerosa que tengo —dijo— para poder besarte.

Se levantó y, en menos de una hora, ya se había duchado y había hecho la maleta. Había estado orgullosísimo de necesitar tan poco para un viaje de dos semanas y me señaló que no necesitaba maleta, que le bastaba con una simple bolsa de deporte. Bolsa en la que todavía hizo sitio para cien dólares de queso.

—¿Es que no hay queso donde vives? —le pregunté.

—¡Ya ves, soy así de británico!

17

Tras salir del hotel sin mucho tardar, nos plantamos en la acera.

—Necesito un café para ser persona —dije.

—Yo también.

Fuimos a la gran cafetería en la esquina que había bajo el hotel, pero ya estaba bajo asedio por parte de los habitantes del East Village, con portátiles en lugar de antorchas.

—Es por esto que no había venido nunca —dije.

—Vale, cazador de cafeterías, haz tu magia.

—Oye, no te burles.

Bajo una mañana de noviembre más cálida de lo normal, recorrimos la Primera Avenida y giramos a la derecha en la calle 5, hacia una manzana delineada con árboles que, por alguna razón, no se desprendían de sus hojas. Resultaba casi encantador, si no fuera por la enorme comisaría que había a media calle, una que, por irónico que fuera, atraía a vagabundos que se quedaban en los bancos del parque que tenía delante, como si quisieran que los arrestaran. Es parte del encanto del East Village, como las pequeñas peluquerías japonesas, las tiendas de ropa para perros, las tiendas de discos de las que salen las tonadas de Gerry Mulligan y, justo antes de llegar a la Segunda Avenida, una acogedora cafetería al lado de un árbol enorme cuyas raíces han levantado la acera.

—Café australiano-argentino —dijo—. Qué combinación más rara.

Bien podría haber estado describiéndonos a nosotros. El camarero de siempre, Danny el del pelo enmarañado, atendía aquel día.

—Eeeey —saludó, con un tono que me hizo pensar que era miembro de un grupo de rock—. ¿Qué os pongo? —Tras debatirlo un poco, nos decantamos por capuchinos y cruasanes—. Vale, os los llevo cuando esté todo.

18

Nos alegramos de librarnos del estrés y la presión de ir a por un café corriendo por la mañana. Landon se sorprendió de que Danny no nos preguntara el nombre para escribirlo mal y corriendo en los vasos de papel. Nos sentamos a la única mesa libre que había, todo un milagro a aquella hora. Lo dejé sentarse de espaldas a la pared de ladrillo moteada con las sombras del árbol; los ladrillos le realzaban el tono rojo del cabello despeinado y un tanto húmedo que tenía y que yo creía que era rubio oscuro sin más.

—Ya lo comprendo —dijo, observando la cafetería—. Ya entiendo lo que haces.

—¿Te gusta?

La decoración no tenía nada de especial, salvo que era clásica. Ladrillos, techo de hojalata, secretismo.

—Es preciosa —dijo—. ¿Es una de las que has encontrado?

—Sí, pero nunca he hablado de ella.

—¿Y por qué?

—Porque es tan perfecta que la quiero solo para mí.

—¿Cuáles son los criterios para que una cafetería sea perfecta? —preguntó Landon, bastante intrigado.

—Pues mira, hay tres cualidades principales que busco siempre. En primer lugar, no puede ser una franquicia.

—Solo puede haber una así en el mundo —pensó Landon en voz alta, mirándome a la cara—. Tiene que ser única. Tal vez incluso extravagante.

—Exacto. Es un sitio nuevo, emocionante. Un sitio que no has probado nunca.

—Ya veo. ¿Cuál es la segunda?

—Que no la conozca nadie que conozcas tú.

—Ah. Así todo queda entre la cafetería y tú. Tranquilo, te guardaré el secreto.

19

—El secretismo es importante, ¿sabes? Que te guardes su existencia para ti mismo la hace especial.

Danny se nos acercó a traernos el café y los cruasanes y me lancé a por la taza como un atleta olímpico chino. Era tan fuerte que ya notaba el reflujo para cuando me la terminé. Mientras tanto, y con mucho recelo, Landon alzó la taza y se la acercó, poniendo morritos para soplar por encima del borde en un par de ocasiones en su intento por beber. Casi no había dado un sorbo antes de volver a dejarla con cuidado y ver que me extrañaba.

—Tengo que esperar a que se enfríe —me explicó.

—Si no está tan caliente.

—Es que tengo lengua de gato.

—¿Que tienes qué de gato?

—No puedo con las bebidas o comidas calientes. Cuando como ramen con mis amigos, siempre termino el último. Ellos terminan y yo sigo dándole sorbitos a la cuchara —dijo, y me demostró el gesto como si fuera un ancianito. Me eché a reír y la carcajada soltó confeti de cruasán en el aire. Y Landon, a su vez, se rio de eso—. Por eso nunca pido ramen.

—Ay, a mí me encanta.

—Soy como el gato ese —añadió, señalando hacia un cuadro de Buzzelli que había colgado en la pared detrás de mí. Me volví y vi un gato naranja de ojos azules que sacaba la lengua; era grande como un crucero y estaba de pie en un mar embravecido, sujetando un velero con una pata mientras un pulpo lo miraba molesto.

—Tiene lengua de gato, como tú.

—Vale, pero es que él es un gato.

—Ya, pero, pensándolo bien, todos los animales tienen lengua de gato. No me imagino a ninguno comiendo comida caliente.

20

—Pues sí, no sé por qué será. A lo mejor es porque no saben soplar.

—Claro, por eso nunca se montan fiestas de cumpleaños.

—¿Lo dices porque no podrían soplar las velas?

Me reí asintiendo, incapaz de mantener aquella conversación absurda. Intentó dar más sorbitos, en vano, y fue una tortura para él no poder ni acercar los labios al café que tanto ansiaba. Para cuando pudo beber más allá de la espuma, yo me meaba de risa.

Para haber sido un rollo de una noche, el desayuno fue muy cariñoso, ¿acaso formaba parte del programa siquiera? Aun así, ya tenía edad suficiente como para saber que aquello no significaba nada, por mucho que la despedida me indicara lo contrario.

—Sí que quiero volver a verte —me dijo Landon mientras caminábamos despacio por la Segunda Avenida uno al lado del otro para encontrarle un taxi que lo llevara a Newark—. Estaré atento a los vuelos, a ver si puedo volver.

—Mi permiso de trabajo caduca en primavera —le dije, y me paré a pensar en un momento de dudas—. Si sigo con este trabajo, tendré que volver a Manila a por un nuevo visado. Por el camino podría pasarme por Tokio.

Habíamos llegado a la avenida, y Landon, con aspecto pensativo, no había dicho nada.

—No conozco muchas cafeterías buenas en Tokio —me dijo por fin—, quizá podríamos ir a buscar una juntos.

Me volví hacia él y me abrazó. Nos besamos como despedida y me marché sin mirar atrás. Mantuve la vista al frente y seguí con mi día como de costumbre. Fui en el tren de la línea D hasta el centro y recorrí tres manzanas por delante del paisaje de siempre: el teatro Ed Sullivan, la torre Hearst. Y el Studio 54, que me llevó unos tres años darme cuenta de que

21

era el de verdad, porque lo veía con el mismo escepticismo que los carteles omnipresentes que prometían «la mejor pizza de Nueva York».

Tras dos horas y media delante del escritorio, no había conseguido hacer gran cosa. Y, aun así, para el mediodía ya estaba agotado. Quizá fuera la resaca. Decidí tomarme el resto del día libre. Nunca falto por enfermedad ni acabo antes, así que me sorprendió lo fácil que fue conseguirlo.

—No me encuentro muy bien —le dije a mi compañera Deniece, quien, acomodada en su silla de oficina, estaba ocupada con el móvil y dándole dos toquecitos deprisa mientras unas imágenes de corazones pasaban por la pantalla.

—Vete a casa —me contestó sin mirarme—. Bendiciones.

—Le gustaba decir *bendiciones*, una palabra que tenía grabada en una piedra con forma de huevo en el escritorio, como si un ave mística se la hubiera dejado para que la cuidara.

El problema era que tampoco quería volver a casa. No lograba diagnosticar lo que me afligía (algo que normalmente sí podía, con una precisión alarmante además) y, aunque estaba cansado, me apetecía pasear un rato. Caminé tres manzanas al norte en piloto automático y acabé en el Columbus Circle. Decidí dar una vuelta por Central Park y fui por la entrada de la esquina flanqueada por vendedores de fotos en blanco y negro de Audrey Hepburn y John Lennon. Había todo un espectáculo de follaje montado en el parque y, conforme seguía entrando y dejaba atrás el frenesí de las calles, observé todos los pasos que iba dejando en las hojas caídas que cubrían la hierba. Cada crujido me carcomía más las defensas y, para cuando llegué a una roca en la que descansar, ya sabía qué me ocurría. No podía dejar de pensar en él. Quería más de él. Quería más de aquellos momentos a su lado, besándonos en la calle, acariciándole el pelo, riéndonos en una cafetería.

22

Solo que ¿valía la pena? ¿Valía la pena buscar algo más? Fue algo a lo que le di vueltas entonces y también mucho después de que se hubiera ido. Le di vueltas cuando quitaron las lucecitas decorativas de diciembre y los abetos petrificados con trocitos de espumillón llenaron las aceras. Me abrí paso entre la tristeza gris de enero y febrero que solo Nueva York es capaz de transmitir, a través del hielo negro, a lo largo de unos días (por suerte, breves) en los que el sol no hacía acto de presencia, y me pregunté si valía la pena la alegría fugaz que sentimos, por emocionante, absoluta y gratificante que fuera, cuando lo que siempre aguardaba al otro lado era un bajón inexorable.

CAPÍTULO DOS

La respuesta está ahí mismo, cinco meses después y en Japón, en otra habitación alquilada, en otra cama desconocida. Me asombra lo tranquilo que puede dormir él en una situación así, comparado conmigo, con el desfase horario y lleno de adrenalina al mismo tiempo, y creo que sí vale la pena. Lo vale por verle la cara otra vez. Encuentro detalles que recuerdo, como la cicatriz apenas visible que le cruza el párpado derecho y las pestañas que decía que eran invisibles. Y encuentro también esos que no vi en un principio, como la constelación de pecas que tiene debajo de los ojos y la mayor sorpresa de todas: su misterioso chirrido.

A lo largo de la noche, me he extrañado por un sonido raro, como una polea oxidada o unas deportivas sobre el suelo brillante y limpio. No duraba el tiempo suficiente como para que resolviera el misterio hasta que Landon se giró y acabó de cara a mí. Estaba a punto de pasarle el dorso de la mano por la mejilla cuando vi que movía la mandíbula de un lado a otro. Por un segundo creí que estaba a punto de decir algo en sueños, pero no, lo que sonaron fueron los chirridos nocturnos sin identificar. ¡Ajá! Estaba apretando los dientes. A pesar de que perturba la tranquilidad de esta habitación pequeñita, me hace gracia que sufra de lo mismo que yo. ¿Cómo se me pudo pasar la primera vez?

Debo de haberme quedado dormido una hora o así hasta que me despierta otra ronda de chirridos. Decido ponerme con los quehaceres y me doy una ducha. Necesitaré un buen rato, porque tengo que coreografiar los movimientos en ese baño tan pequeño. En las profundidades de un ciclo de sueño profundo, no se entera de que he salido de la cama. Aunque no sé cuánto tiempo he pasado peleándome en la ducha, mientras me visto delante de la tele, Landon se despierta por fin, poco a poco y con dificultad.

—Podría pasarme el día durmiendo —murmura.

—Oye, que también quiero ver Tokio. He oído que los cerezos están en flor.

—Quiero prepararte el desayuno. —Se incorpora en la cama—. ¿Podemos preparar algo aquí?

—Sí, pero hay una lista larguísima de instrucciones encima del fregadero y me da miedo tocar algo.

Se levanta con sus bóxers rojos y cortos y se acerca a la cocina diminuta a trompicones. Tras trastear un poco y hacer varios ruidos metálicos, se queda mirando una sartén y la expresión que tiene pasa de desdén a decepción en un momento.

—El cuchillo apenas podía cortar el *daikon* anoche —dice.

—Yo preferiría algo más convencional, como huevos fritos.

—Iremos a comprar —decide con convicción—. Y ya lo prepararé en mi piso.

Su piso. Es un tema peliagudo para mí, y me sorprende que lo saque a colación.

—Por mí, perfecto —digo como si nada.

Se mete en el baño para darse una ducha rápida y sale con una toalla blanca atada a la cintura y otra en la cabeza para secarse el pelo; está claro que no le preocupa que yo las acabe de usar. Me ve lavándome los dientes en el fregadero de la cocina, un lugar mucho más agradable que el baño. Le veo una expresión de iluminación y, cuando acabo, se acerca y se lava los dientes allí también. Y me paro a pensar cuánto tiempo

25

lleva viviendo en este país y sufriendo en los confines de baños de tamaño ridículo, como de avión, antes de darse cuenta de que podía hacerlo en la cocina.

No lo menciona, sino que opta por otro tema sobre el cuidado dental.

—He visto que te enjuagas la boca después —me dice cuando termina—. No te enjuagues, solo escupe.

—¿Y eso por qué?

—Porque al enjuagar te retiras la medicación. Usas Sensodyne por algo. Me lo dijo mi dentista y ellos saben del tema.

—Pero luego cada vez que trague me estaré comiendo la pasta de dientes.

—Al final te acostumbras.

—¡Qué asco! ¿Y si me enjuago solo una vez? Ni para ti ni para mí. —Estoy sentado en el borde de la cama para ponerme los calcetines y se me acerca para darme un beso sabor menta refrescante en los labios—. Qué frescor.

Saca unos bóxers limpios de su bolsa de deporte y se acerca a su pila de ropa del sofá para vestirse. Vuelve a ponerse su traje, esta vez sin la corbata. Delante del espejo de cuerpo entero junto a la puerta del baño, se peina a desgana.

—Te has cortado el pelo —le comento.

—Sí. Básicamente dejo que el peluquero haga lo que quiera, la verdad —contesta, como si quisiera decir que no pretende llevar un peinado a la moda.

Me pongo mi abrigo ligero encima de una camisa gris y vaqueros azules y nos calzamos los zapatos junto a la puerta. Salimos y cierro con llave. Tras recorrer el pasillo angosto, sobrevivimos a un tramo de escaleras tan empinado como peligroso hasta llegar a las calles estrechas y húmedas de Shimokitazawa. A pesar de que el barrio está a tan solo cuatro paradas de Shibuya, su silencio lo hace parecer más lejos aún. Es un día gris, aunque, si alguien nos oyera, no lo parecería. Nos reímos de todo mientras paseamos sin prisa. Echaba de menos caminar con él. Incluso me acuerdo de ir en su lado derecho para que me pueda oír.

—Podemos robar esas naranjas para el desayuno —me dice, señalando hacia un árbol que se asoma desde el otro lado de un muro bajo—. ¿Tienes alguna objeción respecto a la fruta prohibida?

—Ya comí fruta anoche. ¿O era verdura?

—Era carne.

Me dirige hacia la estación de tren y el vecindario va cobrando vida de forma gradual hasta que, sin darme cuenta, se llena de gente. Las aceras desaparecen y, caminando en medio de la carretera, esquivamos puestos de bocadillos, de comida callejera, bicicletas, conos de tráfico naranjas y jovencitas con minifalda y medias. Cientos de carteles de tiendas, desprovistos del alfabeto occidental, cuelgan por encima de la calle. Llegamos a la zona que rodea la estación y lo sigo por callejones que ninguna guía conocería. Cruzamos unas obras ferroviarias que parece que llevan años en marcha.

—Esta línea que está de obras cruza el Inokashira, el tren que se toma desde Shibuya. Ese se llama Odakyu. Lo están soterrando. Y ya casi acaban por fin. Ahora se ve el espacio abierto en el que estaban las vías.

—Creía que lo estaban construyendo.

—No, todo lo contrario, de hecho. Todo ha estado así de caótico desde que me mudé.

Más allá de las obras veo un arco alto que muestra el nombre del barrio en una tipografía típica del *anime*. Cruzamos el arco para entrar en el supermercado de la zona, un edificio de dos plantas repleto de una cantidad tremenda de mercancía. Está muy lleno para ser martes por la mañana y me da la

27

sensación de que soy el único turista, aunque al ser asiático paso más desapercibido. Landon, por su parte, es el único blanco de la zona, por mucho que sí sepa lo que hace. Se dirige directo a los tubérculos, y no solo sabe dónde están, sino que también sabe escoger los que necesita de entre cientos. Me quedo tan abrumado por la variedad y la rareza de la tienda que lo pierdo por un momento. Lo busco y, desde la sección de los huevos, veo que me vigila con discreción. Me abro paso hasta llegar a él y elijo una docena de huevos cuya etiqueta es un misterio para mí. Él escoge otra.

—No, mejor estos —dice.

También compramos fresas, zanahorias, patatas, judías, filetes de pez espada, ternera cortada en trozos finos y zumos de fruta recién exprimida. Vamos a la fila de cajeros, que llevan mascarillas por ningún motivo aparente. Me ofrezco a pagar por la compra, pero insiste en pagar él. Cuando terminamos, se da cuenta de que se ha olvidado algo.

—Ay, no, tengo que volver.

Lo espero junto al escaparate enorme que hay cerca de la entrada. Como me imagino que tardará un rato, saco el móvil y decido hacerle fotos a ese supermercado increíble. Hay banderines por doquier, además de lámparas de origami con forma de árbol, hojas y frutos que cuelgan del techo y unas pancartas cuadradas llenas de caracteres japoneses y puntuados con exclamaciones. Y, aun así, por mucho frenesí visual que haya, todo el mundo parece bastante tranquilo. Saco unas cuantas fotos y me delato como turista. El supermercado es tan de barrio que pongo nerviosa a la gente.

Landon vuelve con lo que se había olvidado y nos marchamos. Justo antes de llegar al arco, me detengo un momento para hacer más fotos. La calle apretujada tiene más gente que antes y, desde donde estoy, lo distingo entre la locura de personas, una silueta alta bajo un aluvión de japoneses. Se aleja, cada segundo está más lejos de mí, y lo veo con la mochila de deporte en la espalda y la bolsa de la compra blanca en una mano. Saco un par de fotos que parecen presagiar el final. Dentro de siete días, cuando termine todo esto, ¿será así como lo vea marcharse hacia este mundo extraño? Mientras yo me pierdo en mis pensamientos, se da cuenta de mi ausencia; parece ser muy consciente de mí, en especial cuando me quedo atrás. Se vuelve para buscarme y, a través de la muchedumbre, nos encontramos con la mirada. Entonces me dedica esa expresión intensa, solemne e inescrutable, la misma que cuando lo vi por primera vez.

Bien podríamos haber vuelto al caos del mercado de Chelsea en el que, rodeados del gentío de hora punta, intentamos encontrarnos por primera vez. Junto al implacable mar de gente que fluía en una fila angosta parecía imposible, pero desde lejos logré verlo antes que él a mí. Y al instante, como si lo hubiera llamado al hombro mentalmente, me vio. A pesar de que todavía no habíamos hablado, ya manteníamos una buena correspondencia de atracción mutua. Nos acercamos, aunque atravesar un grupo de gente en Nueva York es muy distinto que en Tokio; el movimiento de los transeúntes es más brusco y las disculpas brillan por su ausencia. Conforme se acercaba a mí, se quitó la boina húmeda y se arregló el pelo, que le llegaba a la barbilla (un movimiento coqueto de su parte), y quizá no iba a hacer falta romper el hielo. De cerca y cara a cara, sin embargo, sí que nos saludamos a trompicones. Los ojos azules e intensos que tenía parecían mirarme sin parpadear y yo, hipnotizado, agravé la incomodidad.

29

—¿Podemos ir a tomar algo donde sea? —preguntó al fin, para hacer avanzar aquel encuentro. ¡Una tarea! Todo se me da mejor si tengo una tarea que hacer. Salimos del caos del mercado de Chelsea.

—¿Has recorrido el High Line como querías?

—¿Eh? Perdona, ¿puedes ponerte a mi derecha? No oigo bien por la izquierda.

Cambiamos de lado y lo llevé a la calle 16. Desde allí fuimos en dirección oeste, a un restaurante justo debajo del parque High Line en la Décima Avenida. Hacía más de diez años que conocía el lugar y, por increíble que fuera, había seguido abierto todo el tiempo que yo había pasado en Nueva York. Era demasiado temprano para cenar, y hasta la zona de bar, situada junto a la puerta, tenía solo un puñado de personas.

—¿Qué te apetece? —le pregunté.

—Un gin-tonic estaría bien. —El cóctel británico por excelencia.

—Toma —dijo, sacando la tarjeta de la cartera.

—Ya pago yo.

Aceptó las bebidas cuando estaban preparadas y, muy para mi deleite, salió a su aire a lo que antes era una zona de aparcamiento para taxis y que había pasado a ser un patio. Estaba casi vacío y, con la música a poco volumen, era el lugar perfecto para conversar. Escogió una mesa situada bajo un árbol pequeño, aunque no sin antes darle patadas sin querer y pelearse con las sillas incómodas que había. Aquello me arrancó unas cuantas risas y rompió la tensión un poco.

—He pasado a ser el típico británico torpe, como Hugh Grant.

—No es algo negativo —le aseguré.

Nos sentamos uno frente al otro y nos acomodamos. Dimos un gran primer sorbo. Y luego otro.

30

—Si te soy sincero —dijo con voz bastante seria—, me muero de ganas de desnudarte ahora mismo. Perdona que sea tan maleducado.

A pesar de que sabía que le gustaba, me sorprendió de todos modos. En cualquier otra ocasión habría tenido algo que decir, no necesariamente astuto, pero aquella vez me quedé en blanco. Hacía bastante tiempo que nadie me deseaba así. Como si fuera a modo de compensación, se humanizó al contarme detalles personales: era de las Tierras Medias Occidentales del Reino Unido; llevaba cuatro años viviendo en Tokio, donde enseñaba inglés a niños en una academia para ricos, y, en su tiempo libre, escribía artículos para una revista que enseñaba inglés a ancianos «que no saben ni cómo seguirme en redes sociales», según sus palabras.

—Qué interesante. Me encantaría leerlos —le dije.

—Qué va, no son nada —contestó con timidez—. ¡Si ni siquiera son digitales!

—En serio, sí que me gustaría. Me interesa mucho.

—¿Y tú? Aunque sé que eres cazador de cafeterías —dijo con cara seria. Si bien ya sabía que me iba a llegar el turno, no me lo esperaba sin burla añadida—. ¿Qué es lo que hace un cazador de cafeterías exactamente?

—Busco cafeterías perfectas y hablo sobre ellas en redes sociales.

—Esa parte la sé, pero ¿cómo es viable en términos económicos?

—Me parece graciosísima —dije— la fascinación que tiene todo el mundo con cómo se gana la vida la gente con las redes sociales.

—¡No se lo contaré a nadie!

—Pues la verdad es que no. O sea, que no gano dinero con las publicaciones. Trabajo para una empresa llamada Blue

31

Liberica, hacen café de una variante poco común que se cultiva en muy pocos países, como Filipinas. Formo parte de su equipo de marketing.

—Entonces promocionas las cafeterías que venden vuestro café.

—No exactamente. La teoría es que, cuando nos asociamos con negocios pequeños e independientes como las cafeterías que escogemos, también acabamos captando el mercado que las apoya.

—Anda, qué bien pensado —dijo—. Y además puedes irte a tomar café y te ganas la vida. Eres la estrella Michelin de las cafeterías. —Me eché a reír, aunque admití que cada vez me gustaba menos la ciudad, lo cual es una enfermedad recurrente que empieza cuando cambia el tiempo en otoño y, en general, afecta a aquellos que han vivido lo suficiente en Nueva York—. ¿Cuánto tiempo llevas aquí?

—Casi doce años ya.

—Ah, entonces ya serás ciudadano estadounidense o tendrás la tarjeta de residencia permanente.

—No, pero tengo permiso de trabajo y me lo renuevo cada tres años. Ya casi me toca ir, de hecho.

—Y eso es de parte de tu empresa, ¿verdad? Yo hago lo mismo en Japón. Cuando dejé mi primer trabajo tuve que buscar otro o volver al Reino Unido.

—Todo eso me parece agotador porque nunca es un proceso directo. Cada vez que toca ir a renovar es como reevaluar la vida entera. ¿Y si vuelvo? ¿O me quedo? Me encanta Nueva York, pero cada vez más me da la impresión de que no es un sentimiento mutuo. Y luego pienso en tener que irme y me pongo triste, porque no puedo imaginarme viviendo en otro sitio. Bueno, quizás en Londres, donde he estado un montón de veces.

32

—Qué curioso que digas eso de Nueva York, porque a mí me pasa lo mismo con Londres. Y eso que soy británico —dijo Landon.

—De ahí viene lo de Tokio, entonces.

—De ahí lo de Tokio, sí —asintió—. Viví cinco años en Londres con trabajos de mierda hasta que me salió la oportunidad de Japón. Tokio tiene sus momentos también, pero el trabajo me llena más, me siento valorado. Menos mal que ahí siempre hay puestos para profesores de inglés, y al ser británico tengo ventaja. Por desgracia, no soy tan popular entre los hombres de por allí.

—Me cuesta creerlo.

—Los japoneses no suelen liarse con un blanco. Mi ex fue la excepción. Lo que tenía ella...

—¿Ella?

—¿No te lo conté?

—Pues no. No importa, es solo que... es interesante. Pero ¿tu ex más reciente sí era hombre?

—Sí, ella fue la de antes de ese.

—Cuánto abarcas.

—Me habría encantado conocerte antes en este viaje —bromeó.

Llevaba casi dos semanas en Nueva York y se tenía que marchar a la mañana siguiente. Nos habíamos estado comunicando casi todo ese tiempo, desde que él había ganado el desafío de cafeterías en redes sociales, donde yo subía una escena distinguible dentro de una cafetería y proponía una pista en cuanto al nombre. Y, para demostrar que el participante la había encontrado, debía replicar la foto. La pista que supo descifrar él fue «mamífero londinense que deambula en solitario». Averiguó la respuesta y mandó una foto similar a la mía, solo que cien veces mejor, con iluminación dramática y todo. Le

33

dije que había ganado y a eso lo siguió un intercambio cada vez más coqueto. Quería quedar conmigo y yo no dejaba de darle largas, porque no estaba buscando rollo. Y me imaginé que no se perdería gran cosa si al final no pasaba nada. Aun así, me lo pidió otra vez y parecía tener tantas ganas que acabé diciéndole que sí.

—Oye, por curiosidad —me dijo—, ¿por qué no puedo ir a tu piso?

—Es que vivo con alguien.

—¿Un compañero de piso?

—Un novio, más bien.

—Un novio —repitió él con cuidado.

—No está en casa, de hecho. Es actor y participa en una obra de teatro en Los Ángeles. Es que no quiero llevar a nadie allí.

—¿Él se lía con otros también?

—Sí, si te refieres a si me ha puesto los cuernos. Al menos una vez, que yo sepa. No es lo más agradable del mundo, no. Aunque parece que es más común de lo que creía.

—La mayoría hemos tenido algún lío fuera de nuestra relación.

—Parece ser bastante normal. Por eso acordamos tener una relación abierta.

—Así que técnicamente no os estáis poniendo los cuernos.

—Exacto, pero si me acostara con alguien no querría que se enterara. Me parece raro, me sigue dando la sensación de que lo estoy engañando. Es la primera relación abierta que tengo, así que seguro que es por eso. Nunca había tenido un rollo de una noche siquiera.

—¿Ah, no?

—No es lo que me va, no. Supongo que la otra persona tiene que gustarme mucho, muchísimo.

—Pues tú me gustas mucho, muchísimo. Si no hubiera nadie por aquí, te saltaría encima. —Sin dejar de mirarme a la cara, Landon estiró una mano bajo la mesa para intentar tocarme la rodilla—. Oye, ¿dónde tienes la rodilla?

—Aquí mismo —me reí, moviéndola para que la viera.

Había llegado el momento de pedir otra ronda.

—Ya pago yo esta vez —propuso—. ¿Quieres otra igual?

—Sí, porfa.

—Eh…, ¿cómo se llamaba?

—St. Germain in Tokyo.

—Qué típico de Nueva York —dijo con una sonrisa sardónica.

Cuando volvió, me dio la copa y vi que tenía las cutículas ennegrecidas. Le sostuve los dedos para preguntarle por ellos.

—¿Qué te pasó?

—Me teñí el pelo de negro para Halloween. No era permanente, claro. Y no me puse guantes.

—¿De qué te disfrazaste?

—De vampiro sutil.

—Vampiro sutil. Creo yo que si tienes que disfrazarte de vampiro, más te vale lanzarte de cabeza. Con ataúd y todo.

Nos echamos a reír.

—Solo lo hice porque un amigo siempre me dice que parezco vampiro.

—Ah, seguro que es por las pestañas invisibles.

—¡Que sí que tengo! —dijo con una carcajada sonora e intentó aferrarse las pestañas con los dedos. Era lo más animado que lo había visto.

¿Fue aquel momento lo que selló el destino para mí? Después de todo lo que habíamos hablado, ¿fue la tierna confesión de que se había teñido el pelo? ¿Fue la sonrisa de Duchenne sincera que le producía arrugas en torno a los ojos y lo hacía parecer una persona distinta? ¿O fue la segunda ronda de copas? Quién sabe. Cuando terminamos y ya empezaba a venir la gente que iba a cenar, decidimos marcharnos y quedar después de cenar. Él ya había quedado con un viejo amigo de Harlem.

—De verdad me gustaría poder cancelar los planes y quedarme contigo —me dijo—. Pero se lo prometí.

—No te preocupes, es culpa mía, que soy muy indeciso. Deja que te acompaño a la estación.

—¿Podemos ir andando? —propuso—. Muy poco a poco.

Muy poco a poco. ¿Cuándo fue la última vez que había oído eso en Nueva York? En esta ciudad, corremos de un lado a otro y evitamos la lluvia, o la nieve, o un frío que pela, o un calor que abrasa; corremos para llegar al trabajo, a una cita con el médico o simplemente para volver a casa y retraernos de la humanidad. Pero ¿poco a poco, contando cada paso? A pesar de que me encanta hacerlo, se ha convertido en algo por lo que nos debemos sentir culpables. Y entonces alguien me pidió que lo hiciera, que caminara muy muy despacio en la ciudad más ajetreada del mundo.

A lo largo de dos manzanas de la calle 17, hablamos sobre lo mucho que nos gustan (así como lo mucho que odiamos a veces) Nueva York y Tokio, dos ciudades que no pueden ser más distintas, por mucho que sean increíbles cada una a su manera. Me parece curioso que, si alguien nos hubiera parado para preguntarnos quién vivía dónde, seguro que habría creído que era al revés.

Justo antes de que llegáramos a la Octava Avenida, junto a un parque vacío, me aferró del brazo izquierdo y me volvió hacia él. En un raudo movimiento, me puso la otra mano en la nuca y me besó por primera vez con semejante intensidad que acabé flotando en un *bokeh* multicolor. Cuando paró, lo vi con los ojos entornados tan cerca de mí que lo hizo parecer más apuesto aún. Al abrir los ojos, parecía saciado. Conforme recobraba el aliento, pensaba de nuevo en lo maravilloso que era estar en Nueva York porque era en momentos como aquel que la ciudad revelaba su magia. Ocurre con muy poca frecuencia, pero, cuando sucede, el tiempo que pasa uno viviendo en esa ciudad queda más que justificado. Estiré una mano para acariciarle la mejilla, me la dio y me dejó un beso en ella. Y, sin soltarnos, nos acercamos a la esquina de la Octava Avenida, donde esperamos a que cambiara el semáforo.

La luz se puso verde al fin. Cruzamos la Octava Avenida hacia el este, por la calle 17.

—Puedes venirte si quieres —propuso Landon—. En serio, me gustaría que vinieras.

—No pasa nada, ve a charlar con tu amigo —contesté—. Además, se me tiene que pasar la borrachera. Ya nos vemos más tarde.

—¿Qué dices? Si solo han sido dos copas.

Llegamos a lo alto de Union Square y seguimos caminando por el lado oeste, donde habría estado el mercado de productos orgánicos si hubiera sido de día. Oíamos el retumbar de un tambor a todo volumen que seguramente provenía de la parte sur de la plaza, porque ahí siempre pasaba algo. Y sí, al llegar al tramo delante de la estatua de George Washington a caballo, vimos a una muchedumbre que se había reunido para lo que parecía ser un mitin del Partido Demócrata.

—¿Te he dicho que una vez vi a Bernie Sanders dando un discurso en Times Square? Lo toqué.

—Lo odio —dije.

—Me gusta lo diplomático que eres —se burló él.

Nos abrimos paso entre la gente poco a poco, algunos de ellos policías de la ciudad, hasta que llegamos a la entrada del

37

metro, que parecía un sombrero mexicano. Nos paramos en lo alto de las escaleras que daban al laberinto de pasadizos y andenes.

—De verdad quiero verte más tarde.

Lo oí como si su voz no quedara amortiguada por los cánticos de «Hillary» y «Bernie», como si no estuviéramos rodeados de gente que subía y bajaba a toda prisa las escaleras.

—Yo también quiero.

—Presiento que ahora viene el *pero*.

—No, no hay ningún *pero*. Cuando termines, ve en la línea 6 hasta Astor Place. Nos encontramos allí. —Antes me había mencionado que su hotel estaba por la zona, y daba la casualidad de que eso estaba cerca de mi barrio.

—¿En qué salida?

—No lo sé —repuse, apartándole el flequillo a un lado de la cara—. Qué guapo eres.

—Anda, sí que estás borracho de verdad. —Landon me acunó la cara una vez más y se despidió con un beso, con más lengua que el anterior, e intenté hacer todo lo posible por hacerle ver que me gustaba tanto como yo a él. Qué más daba el ruido del mitin y el torbellino de neoyorquinos hastiados que nos rodeaba. Sabía que no iba a echarme atrás—. Luego nos vemos, borrachín.

Un par de horas más tarde, me llegó un mensaje de su parte que decía que ya estaba de camino al centro, y sí, no había cambiado de parecer. Todavía quería verlo. Lo sentía mucho por el amigo, porque soy de esas personas que notan esas cosas, y no sé si le dedicaría la atención suficiente a su amigo por mi culpa. Le dije que nos podíamos encontrar en la estatua con forma de dado que está apoyado sobre una de sus esquinas. Como vivía a pocas manzanas de allí, no salí de casa hasta que me dijo que estaba saliendo del metro. En cinco minutos, llegué

38

a la estatua y me lo encontré sentado sobre una de las rocas que la rodeaban. Me miró y, a pesar de que había sido explícito con sus intenciones, la intensidad que me dedicó me sorprendió. Se puso de pie sin apartar la mirada y me dijo que su hotel estaba a la vuelta de la esquina.

Cruzamos una avenida y pasamos por la calle St. Mark. Estaba llena de barullo como de costumbre, y, entre pizzerías a un dólar y outlets de cachimbas, había infinitos restaurantes y supermercados japoneses. En silencio, recorrimos aquella confusa mezcla de Nueva York y Tokio, ciudades entrelazadas, incongruentes pero interesantes, agotadoras y emocionantes al mismo tiempo.

CAPÍTULO TRES

Contra el cielo gris, una maraña de cables y líneas de alta tensión serpentea sobre nosotros conforme recorremos la calle del centro de Shimokitazawa y, al igual que los peatones (porque técnicamente no hay aceras), cuelgan casi en medio de la calle. El vecindario se va quedando más en silencio cuanto más nos alejamos de la estación y del gran supermercado y las tiendas se vuelven cada vez menos prácticas. Las tiendas de suministros para sushi, agencias inmobiliarias y talleres de bicicletas se transforman en tiendas de antigüedades, cafeterías en las que es posible acariciar conejos y peluquerías para gatos. Pasamos por delante de un modesto restaurante de sushi cuyo cartel es más grande que el interior.

—Ahí tienen unos *kaisen don* riquísimos por cinco dólares estadounidenses —me cuenta Landon. Los *kaisen don* son cuencos de arroz acompañados de varias rodajas de sushi—. En Nueva York sobreviví a base de ensaladas preparadas.

—¡No! ¿Porque no sabías dónde ir a comer?

—No quiero que a ti te pase lo mismo.

Más adelante, en una intersección que parece un ángulo agudo, me señala una floristería con forma triangular que tiene una pared de establo hecha de tablones de madera pintados de verde. Una fila de ramos de flores en cubos de hojalata está apoyada contra ella.

—Por la noche, esa floristería pasa a ser un bar. Y las bebidas no están nada mal. Para cualquier otra cosa, si estás en un

40

aprieto, siempre puedes ir al Family Mart o al Lawson. Tienen un café bastante bueno, la verdad.

Lawson y Family Mart son las dos mayores franquicias de supermercados de Tokio, como los Duane Reade o Rite Aid que encontraría en Nueva York.

—Ahora que lo dices... —digo.

—Ya. A mí también me hace falta un café.

Ya hemos dejado atrás la zona que exploré anoche y estoy empezando a desorientarme. Un poco más adelante, una tienda particular me llama la atención y se me despiertan los instintos. A diferencia de los demás escaparates de la zona, su fachada está compuesta por ventanas de cristal oscuro y marcos de madera, y sus tablones imitan los hogares tradicionales. Solo que, por mucho que destaque, hay una Harley-Davidson aparcada delante de la ventana.

—¿Y a esta la conoces? —le pregunto.

—Pues no, no he ido nunca.

La examinamos más de cerca y, en medio de cien caracteres japoneses garabateados en una pizarra de menú, encontramos las palabras «café en grano».

—Venden café —le digo.

Abrimos la puerta y el aroma impacta contra nosotros. El mostrador queda justo delante nada más entrar y el barista, un hombre de mediana edad, tuesta granos de café en una máquina Diedrich roja.

—*Konnichiwa* —nos saluda.

Landon le devuelve el saludo y hablan un rato en japonés. Es la primera vez que lo oigo hablar el idioma y me quedo impresionado; el acento impecable que tiene indica que lo habla con soltura, pero suena tímido e inseguro. Me cuenta que nos ha pedido un café americano y que el hombre nos ha indicado que escojamos los granos que queramos del mostrador

41

del cristal. Nos agachamos para echarles un vistazo a las bandejas metálicas etiquetadas con su lugar de origen. Landon me mira en busca de ayuda y yo señalo el etiquetado como «Johor».

El hombre parece contar cada grano según los coloca en una balanza delicada. Habla una vez más y nos hace un gesto para que nos sentemos en el banco que hay junto a la ventana y se va para moler y preparar el café.

—Dice que ha tostado esos esta misma mañana, así que es fresco —me explica Landon.

—Hablas muy bien japonés.

—Qué va —dice con un resoplido por la nariz—. Solo soy de nivel tres.

—Tendré que creérmelo —digo por encima del ruido de la cafetera.

A través de una puerta que hay junto al mostrador, veo el resto de la cafetería, todo hecho de madera, reluciente bajo la calidez de unas lámparas tenues. Una larga barra recorre todo el establecimiento y, en el lado opuesto, contra la pared, hay varias mesas. Landon señala un cartel de la puerta principal y me traduce lo que dice.

—Prohibido fumar. Prohibido hablar por teléfono. No hay wifi. No se admiten niños.

—¿Cómo se dice *cascarrabias* en japonés? —susurro, porque la máquina ya no hace ruido.

El café tarda más de lo normal. Puede que hayan pasado más de cinco minutos desde que se ha puesto a filtrarlo, algo así. Por fin nos los trae al mostrador y pago.

—*Arigato* —decimos los dos.

Con los vasos para llevar, nos marchamos de la cafetería y seguimos nuestro viaje hacia su piso. Nos asombramos ante lo meticuloso que ha sido el hombre de la cafetería.

42

—Compra variedades de grano de todo el mundo, los tuesta él mismo en pequeñas remesas, muele la cantidad justa para un pedido y lo prepara como se lo pidas.

—Vas a convertirme en un esnob del café —dice, ya con su confianza de siempre.

—¡Para nada! Solo cazo cafeterías.

—Está claro que es algo más que eso.

Me echo a reír.

—¿Eso te parece?

—¿Qué tal el trabajo, por cierto?

—Bastante bien. Ya han firmado el papeleo para mi visado.

—Te vas a quedar trabajando con ellos, entonces.

—Si supero los demás líos, sí. La idea es que para cuando llegue a Manila ya me hayan mandado la aprobación de parte de Seguridad Nacional en Estados Unidos, así puedo ir a hacerme el visado en la embajada.

—Eso te dará otros tres años.

—No creía que me iba a gustar tanto cuando empecé hace tres años. O sea, siempre he estado en el mundillo del marketing, pero las redes sociales no me convencen mucho.

—Son esenciales hoy en día.

—Menos mal que el café sí que me gusta.

—¡Y ahora puedes recorrerte todo Nueva York para hablar de él!

—Brindemos por eso —digo, alzando mi vaso de café. Doy un sorbo y suelto un sonidito de deleite—. Está buenísimo. Es la variedad *liberica* de la que te estuve hablando. Tienes que probarlo.

—Oye, no te burles. —Me mira de soslayo.

—¿Cómo se llama la tienda? Por si la uso para el trabajo.

—Cafetería Use.

—Estaría bien volver y sentarnos al fondo —le digo, con demasiado anhelo. Landon me mira y me sonríe.

43

Llegamos a una intersección cuyo semáforo no sirve de nada porque casi no hay tráfico. Estoy superdesorientado, no tengo ni idea de dónde estamos. Mi brújula interna apunta en todas las direcciones.

—Estamos en Kamakura-dori —me explica—. Si giramos a la izquierda, esa calle vuelve a tu piso.

Aun así, no logro imaginármelo. Cruzamos Kamakura-dori y vamos recto. Desde ese punto, se acaban las tiendas y los callejones son más angostos que nunca. Las casas están apretujadas unas con otras y, sin embargo, todo está tranquilo. ¿Dónde está la gente? Doblamos una esquina muy cerrada y giramos a la izquierda en un cerezo en flor magnífico. Es tan alto que me supera la rareza de todo junto.

—Esta zona es preciosa —comento.

—Es una forma interesante de verlo.

—Creo que tienes mucha suerte de vivir aquí.

Puede que hayamos doblado otra esquina, no sé, porque ahora sí que estoy perdido del todo. A medio camino por un breve callejón, atravesamos una puerta baja en el costado de una vivienda de dos pisos. Al final del pasadizo, subimos por unas escaleras empinadas, así que supongo que es un rasgo común en los hogares de Tokio. Arriba, la segunda de las dos puertas que hay en el rellano es su piso.

Y es, como me dijo, del mismo tamaño que Piso con Vistas, y ahí me doy de bruces con la realidad: hay muy poco espacio para alguien que de verdad vive ahí. Todavía está todo como si se acabara de mudar, que es lo que hizo a finales de diciembre. Me habló de la mudanza y me dijo que era la primera vez que se iba a vivir sin compañeros de piso en Tokio o en cualquier parte, ya puestos. Hay cuadros enmarcados en el suelo, apoyados contra la pared. Una bolsita de arroz, botellas de salsa, tres velas de tamaño ascendente y una taza reposan en el alféizar de la ventana, por encima de la mesa de la cocina. Lo recoge todo deprisa y deja las tazas y los platos sucios en el fregadero. Vuelve a colocar su aspiradora sin cable en su estación de carga en la pared.

—Ponte cómodo, como si estuvieras en tu casa.

Debe referirse a la silla de madera plegable que hace las veces de tendedero de toallas. Es el único asiento con respaldo en toda la casa. Me quito el abrigo y me siento.

—Voy a... —Deja la frase en el aire y se va a apartar la arrocera de encima de la lavadora que hay en un rincón de la sala y saca una camisa húmeda que cuelga junto a la ventana para que se seque—. Me la voy a poner luego para trabajar.

—No sé yo si va a estar seca para entonces.

—Sí, sí, ya verás —dice con optimismo. Mira la hora—. Mejor voy preparando la comida, ¿no crees?

Me echo a reír.

—¿Te puedo echar una mano con algo?

—¡No! Eres mi invitado. Tú disfruta del café —dice con voz traviesa. Con todo el tiempo que ha pasado, aún no ha probado el suyo.

Despeja la mesa de la cocina que tengo delante, de tamaño de parvulario y color madera de abedul, y deja la compra encima. Saca una pesada tabla de cortar de madera y un cuchillo del escurreplatos que hay junto al fregadero y lo dispone todo en la mesa. De la nada, saca un taburete negro estilo IKEA y se sienta.

—¿No prefieres sentarte aquí? —pregunto, levantándome.

—No, no te preocupes.

—En serio, el taburete debe de ser muy incómodo. Voy a ir a ver el piso, si no te molesta.

Se sienta en mi silla y se pone a pelar y picar ajo y verduras varias. Me asomo por detrás de la *shoji* abierta, la puerta

45

corredera que separa la habitación. La puerta del armario está abierta también y lo veo lleno, aunque también ha conseguido hacerse un tendedero que no encaja del todo. Me asombra que tenga una cama de verdad, un colchón con marco, y de matrimonio, además, aunque las sábanas estén todas enmarañadas. Conozco a mucha gente de su edad que no ha conseguido separar el colchón del suelo aún, así que mucho menos un futón. Sobre el tatami veo una tabla de planchar sin patas y me parece lo más raro de la vida.

—¿Cómo se supone que...? ¿Te arrodillas?

—Como una geisha —me dice. Recoge un tubérculo morado y se dispone a pelarlo.

—¿Esto es lo que sueles comer?

—No, no voy a dejar que comas así tú. Que estás en los huesos. ¿Y si desapareces del todo? Esto es un boniato japonés.

—Me pongo a observarlo desde donde estoy, con esa nariz larga que tiene mirando las verduras con imperiosidad, todo en contraste con la luz tenue que se cuela desde la ventana encima de la mesa, la única fuente de luz desde la parte delantera. Es como un cuadro absurdo de Vermeer. Alza la mirada—. ¿Qué pasa?

—Estás cortando la verdura con el traje puesto y esa mesa es demasiado pequeña para ti —señalo.

—Todo lo que hay en este país es demasiado pequeño para mí —dice con voz triste. Se levanta y se va a los fogones para ponerse a ello.

Ocupo la silla plegable y lo miro mientras disfruto del café. Va a por una botella grande de aceite de oliva Farchioni que guarda en lo alto de la nevera y echa una cantidad generosa en una sartén antiadherente. Saltea un puñado de ajo picado, seguido de cubos de patata y zanahoria y una pizca de chili. Lo remueve todo deprisa. Cuando acaba, lo echa todo

46

en un cuenco grande que deja en la mesa delante de mí, con vapor que se alza como una serpiente encantada.

En la misma sartén, prepara huevos fritos doblados en triángulos y parlotea tanto sobre el plato que no me queda claro si es japonés, coreano o de cosecha propia. Acerca la sartén a la mesa y pone los huevos fritos encima de las verduras. Por último, asa dos filetes de pez espada no muy grandes, algo que habría costado un riñón en Estados Unidos. Mientras se prepara el pescado, ve que estoy encogido junto a la mesa.

—Parece que tienes frío —me dice. Más que nada creo que tengo frío en los pies, y el resto del cuerpo se enfría para compensar. Eso de dejar los zapatos en la puerta no me sirve si el suelo no está hecho de lava fundida. Se aparta del fogón y va corriendo a la habitación. Sale con el edredón a rayas que he visto en su cama y me lo echa sobre los hombros. Así parezco enfermo—. Toma, no te me vayas a resfriar.

Termina de preparar el pescado y sirve ambos filetes en un solo plato. Coloca un par de palillos a cada lado del plato y acerca el taburete para estar más cerca de mí. Por último, sirve una gran montaña de verduras y huevos fritos entre los filetes de pescado.

—*Itadakimasu* —exclama en lo que se coloca los palillos en la mano con maestría.

—*Itadakimasu* —repito.

Todo es tan sencillo como puede ser. No hay música, ni distracciones ni interrupciones por el móvil. Después de tanto tiempo, de esos cinco meses de ansias y añoranza, este es el punto álgido. Es lo que he venido a buscar y la satisfacción, el placer y la plenitud cumplen sus promesas. Aquí mismo, escondidos en un rincón de alguna parte de Tokio, en esta laberíntica maraña de callejones, una gotita en el mar que es la humanidad, dos personas crean algo precioso que nadie más que nosotros dos

47

llegará a conocer. ¿Quién habría podido decir que un acto tan sencillo como compartir un plato podía llegar a ser tan significativo, tan especial? Casi me parece una lástima que no haya nadie aquí para verlo, pero aquí está, para que me deleite yo. El frío de la estancia, el comer tranquilos y sin chocar con los palillos (y que, cuando sí chocamos, nos reímos), sus ansias por darme de comer y su deleite cuando me termino hasta el último bocado del plato. Bueno, casi.

—¡Pero si esa es la mejor parte! —me riñe, refiriéndose a la zona oscura en torno a la espina del filete.

—No puedo comerme eso —digo con timidez.

—Ven, anda. —Se inclina hacia mí y me da un beso.

Quiero que este momento dure para siempre.

Va a por la cestita de fresas que había dejado sobre el alféizar y nos las comemos de postre. Son pequeñas y escarlata, señal de buena fortuna, si no me equivoco. Y son muy dulces. Me lo como todo, hojas incluidas. Él me mira anonadado.

—Son nutritivas. Se pueden comer.

—No. —Niega con la cabeza—. No.

Landon prueba por fin el café con las fresas. Aun así, estoy seguro de que ya no está caliente y no sé cómo puede disfrutarlo tan templado. El café solo está bueno hirviendo o helado, nunca templado.

—No podría beber café con fruta —le digo—. ¿Sabes lo que sí pega con el café?

—La tarta —dice, y ambos nos reímos.

Esto sí que es ser feliz.

—Tienes un buen piso aquí. No está mal, para ser tu primera vez viviendo solo.

—¿Tú crees? —Mira en derredor—. Me gustaría haber podido poner la lavadora en el balcón, pero al casero no le convenció la idea.

48

—Creía que tener la lavadora en el balcón era lo estándar.

—¿Verdad? Y me daría más espacio. —Me quito el edredón de encima y me pongo a lavar los platos. No se queja—. Deberíamos volver al tuyo para las tres, porque di tu dirección para el paquete.

—¿Y qué hora es?

—Las dos y media.

Se levanta para comprobar cómo está la camisa y, como había predicho, no está nada seca.

—¿Qué te vas a poner?

—Bah, qué más da. No tengo ganas de cambiarme.

Cuando termino de lavar los platos, nos ponemos el abrigo y los zapatos junto a la puerta. Y, cuando estamos a punto de salir, se larga a llover. Cae tremendo aguacero que tenemos que esperar a que escampe. Nos quedamos en el balcón, sumidos en una profunda contemplación.

Estamos de cara a la casa de al lado y veo la silueta de una mujer que bebe té o café y mira la lluvia. Siempre me han fascinado las ventanas de pisos que veo desde un tren en marcha, en especial por la noche. Veía personas con sus tareas cotidianas y me ponía a pensar cómo sería su vida. Cuando viajo, paso un buen rato sentado en una cafetería y hago lo mismo con los clientes que entran y salen. ¿Cómo es su mundo? ¿Esa visita es un fragmento de su día a día?

Landon me da un paraguas transparente que cuelga de la balaustrada. Bajamos las escaleras poco a poco y con cuidado y volvemos a paso tranquilo hacia Piso con Vistas. Pasamos junto al cerezo de la esquina y sus flores rosadas me parecen borrosas a través del plástico. Si en París se puede ver el mundo a través de gafas de color rosa, en Tokio se ve a través de paraguas de plástico, todo difuminado por la lluvia.

Si bien puede que no suene tan elegante como tema para una canción clásica, al caminar por Kamakura-dori veo que casi todo el mundo lleva el mismo paraguas, así que debe ser el no oficial de Tokio. Y entonces me doy cuenta. Tengo una alegría dentro que me dice que estoy en una de esas ventanas a las que me quedo mirando, que este es un fragmento de mi mundo secreto que estoy permitiendo que vean los demás. Soy una de esas personas de las cafeterías en las que me pongo a pensar, ya no soy alguien que los ve de lejos, sino que formo parte de ellos. Yo también voy a comprar al supermercado del barrio, con sus tubérculos raros y cajeros con mascarilla. Yo también vivo en un piso minúsculo con una cocina liliputiense y escaleras de aspecto letal. Yo también, por alguna cosa absurda que ha dicho Landon, puedo reírme bajo la lluvia y los demás nunca sabrán por qué. A pesar de la penumbra, de la lluvia y de la ofuscación taciturna del paraguas, siento que pertenezco a un lugar.

CAPÍTULO CUATRO

«Solo estás a diez minutos andando de mi casa», me había dicho cuando le di la dirección de Piso con Vistas. Caminando bajo la lluvia, pierdo la noción del tiempo. Decido celebrar la victoria. Durante un breve periodo, y de vez en cuando, disfruto de perderme en el momento y se me olvida que solo dispongo de una semana. Dejo de preocuparme por el final de nuestro tiempo juntos y la ansiedad que eso me despierta se disipa. Colgamos los paraguas transparentes en un perchero junto a la puerta de mi piso, junto con varios otros. Abro la puerta y compruebo que ya he aprendido del todo la ceremonia de quitarnos los zapatos.

—¡Tengo los calcetines empapados! —se queja Landon.

Hago una mueca de disgusto porque no es solo que deteste tener los calcetines mojados, sino que odio las botas que dejan pasar el agua. Me parece una traición a mi confianza. ¿De qué sirven las botas si uno solo se las puede poner cuando hace sol?

—Hay un secador en miniatura en una cesta debajo de la tele.

Encuentra la cesta y enchufa el secador. Se quita los calcetines negros y engancha uno de ellos al extremo del secador. Lo enciende y la prenda se hincha como si tuviera un pie enorme dentro. Lo deja sobre una alfombra y parece una prótesis. Hay algo en todo eso que me parece graciosísimo y no puedo dejar de reír.

—Tienes los pies muy grandes —le digo. No añado que también los tiene de un tono blanco cegador.

51

—Qué va.

—Eso lo dices porque sabes que me gustan los pies grandes y no quieres gustarme.

Se quita la chaqueta y tira de mí hacia la cama.

—Vente.

Nos tumbamos de lado, mirándonos, y estira una mano hacia mi nuca para desenredarme el pelo. No se me ha olvidado que le gusta verme con el pelo suelto. Esta sala debe de estar más iluminada, porque le veo los ojos más azules que hace un rato, como si hubieran descubierto algo. Me pone una mano en la mejilla y me la acaricia con el pulgar.

—Tienes pecas —comenta—. Los asiáticos no soléis tener.

—Claro que tenemos.

—Vale, pero no muchas. Y tú sí. En la cara te cuento como veinte.

—Será por los genes españoles.

—Ah, eso explica el pelo también. —Juguetea con un mechón de ondas gruesas que me cae sobre los hombros.

Sonrío. Me parece interesante que algo que se considera poco deseable donde me crie sea tan fascinante para él. Molesto por el ruido, se levanta para apagar el secador y el habitual silencio del lugar lo invade todo de nuevo. Giro al otro lado, de cara a la ventana, y noto que el árbol es más visible a través del cristal esmerilado. Debe de haber dejado de llover. Eso me recuerda que todavía no he visto el árbol ni el jardín que me convencieron de alquilar este piso. Me incorporo, me pongo de rodillas, abro el cierre de la ventana y la deslizo. Y, tal como me había mostrado la foto, el árbol es alto y sereno, verde y elegante, y esconde en parte el tejado curvo de la casa que tiene detrás. Con la ventana abierta y ese tejado a la vista, no cabe duda de que estamos en Japón. Es casi una caricatura, igual que en las pelis a París siempre la representan con la Torre Eiffel vista

52

desde una ventana. Veo que el jardín es en realidad dos jardines traseros situados entre dos casas y, aunque no sé a quién pertenece el árbol, por las cicatrices de poda que tiene veo que está muy bien cuidado. El cielo nublado lo tiñe todo con un dejo melancólico y de repente me invade la tristeza. ¿O es el aire fresco de primavera?

Me doy cuenta de que Landon lleva un rato en silencio y, al girarme para ver qué hace, lo veo con una cámara digital profesional en las manos.

—¿Haces fotos? —pregunto un tanto sorprendido.

—Pues sí. Suelo sacar mis propias fotos cuando escribo por libre.

Nunca me había mencionado nada de eso. Se sienta en la cama y me hace unas cuantas. A pesar de que intento permanecer serio, me da demasiada vergüenza y me acabo riendo y apartando la mirada. Se me sienta al lado y me muestra las fotos en la pantalla de la cámara; todas son horribles, menos las dos últimas, en las que me río.

—Estás mejor desprotegido —dice. *Desprotegido*. Me encanta esa palabra. Nunca había oído que la usaran así.

—¿Me enseñas cómo funciona? —le pregunto.

—Enfocas ajustando esto y este es el botón para hacer la foto.

Me levanto y voy junto a la mesa alta de la cocina. Me mira con una sonrisita y el lado derecho de la cara le queda iluminado por la luz de la ventana, por lo que la nariz le arroja una sombra oscura en el otro lado. Miro por el visor y le veo los ojos enfocados de inmediato, brillantes e intensos, y absorben con codicia toda la luz. Hago la foto. Baja la mirada a un lado, como si verificara la hora, y le hago una foto así. Se da media vuelta hacia la luz, hacia el árbol. Y hago esa foto también, pero es como si una cortina se hubiera apartado para dejar ver

53

un lado nuevo de él, uno más complejo, incomprendido y confuso por su propia belleza.

Me siento en la cama y le devuelvo la cámara. La deja en el suelo sin mirar ni una de las fotos, luego se pone de rodillas y nos quedamos contemplando el árbol y el jardín sumidos en una tranquilidad absoluta.

—Estaría bien tener jardín, uno como este. He estado dándole vueltas a comprarme una casa a las afueras de Tokio, para tener más sitio. Quizá con dos habitaciones. Para poder llenarla más, con platos, cuchillos, muebles... Para estar más arraigado.

—¿Quieres quedarte aquí para siempre, entonces?

—¿Para siempre? Es una forma muy fuerte de decirlo. Estuve a punto de hacerlo con alguien —desvela.

Fue con la chica japonesa. He visto sus fotos juntos. Estaban fuera de un santuario en pleno invierno, con cara seria, ella con el tradicional kimono ceremonial y él con un traje y una chaqueta con forro. Parecían una pareja de la Segunda Guerra Mundial. Luego estaban las fotos veraniegas, en un pícnic junto al lago, con sombreros graciosos, otra de ella en los hombros de él en un camino de tierra. Parecían muy felices, muy jóvenes. De hecho, demasiado jóvenes como para ir a comprarse una casa.

Me duele, y no por los celos, sino porque Landon acaba de desvelar, aunque haya sido sin querer, algo que no conocía hasta este momento. La sensación de estar arraigado en un lugar. Me ha tocado una fibra sensible en lo más hondo de mi ser. ¿No sería maravilloso estar así en Nueva York, libre del miedo a que me destierren? El vivir con la tranquilidad de que si me pasa algo con un trabajo no tendré que hacer las maletas e irme. Es una parte tan inherente a mi vida de Nueva York que define mis relaciones.

A pesar de llevar nueve años juntos, Gabriel y yo no tenemos muchos símbolos de permanencia, es como si fuéramos en dos coches distintos que conducen juntos por la misma carretera.

Nunca hemos sido un *nosotros*. De hecho, nunca he formado parte de una relación así. *Nos vamos a mudar a Tokio. Estamos buscando un piso de dos habitaciones. Vamos a probar a ver qué tal por aquí unos años...* No pertenezco a alguien con quien compartir planes de futuro y eso me rompe el corazón. Vivimos en una temporalidad que nos facilita el desenredarnos el uno del otro.

No esperaba darme cuenta de algo así aquí, o, mejor dicho, no esperaba que algo que ya sabía saliera a flor de piel. Casi no conozco a Landon, y no es que quiera formar parte de su plan necesariamente, pero, aunque no lo pueda explicar, estoy seguro de que, si me lo hubiera preguntado, le habría dicho que sí. Compraría más platos, haría las maletas y me mudaría a las afueras de Tokio solo para ser parte de ese *nosotros*. Noto que los ojos se me llenan de lágrimas y, al menos por ahora, doy las gracias de que él no sea muy dado a indagar en las emociones.

—Por desgracia —dice—, ella tenía un gusto pésimo por los bolsos, tanto que casi corto con ella.

—Pero ¿la querías? —Los dos nos echamos a reír.

—Uno no puede comprarse una casa para llenarla de bolsos feos —declara.

—Habría sido un gran cambio después de haber compartido piso con otras tres personas.

Se tumba de espaldas y se queda mirando el techo.

—He ahorrado lo suficiente. A mis amigos les choca que tenga tanto dinero.

Me acerco a la ventana para cerrarla y me acurruco al lado de él.

—Nunca he pensado en comprarme una casa. Supongo que no sabría dónde hacerlo.

—Estamos en una situación muy similar. Es complicado cuando sabes que no puedes quedarte en un lugar sin la amenaza de la deportación de por medio.

55

—Siempre me he sentido como perdido. Ahora mismo, por ejemplo, tengo que volver a Manila a sacarme otro visado. Y siempre está esa preocupación, esa posibilidad, por remota que sea, de que no me lo vayan a conceder, de que se me vaya a acabar la suerte. Llevo fuera de mi país tanto tiempo que no me imagino empezando una vida allí.

—¿Te he contado que mi hermano estuvo allí?

—¿En Filipinas? ¿Y eso?

—Un buen día les dijo a mis padres que se iba al aeropuerto. Nos dejó patitiesos, porque fue de la noche a la mañana. Resulta que había conocido a una chica en internet y querían verse en persona, pero, como ella no podía ir al Reino Unido, él decidió ir a verla. Mis padres no pudieron hacer mucho por disuadirlo.

—Porque a ella no le concedían el visado —digo, porque sé cómo funciona.

Como ella es de un país «de nivel bajo», sus posibilidades de conseguir un permiso eran irrisorias a menos que, cómo no, estuviera dispuesta a hacer de esclava (para no andarme con rodeos) como sirvienta o cuidadora. Esa era la realidad de las mujeres filipinas que querían emigrar a Estados Unidos o Reino Unido en busca de mejores oportunidades. Por suerte para mí, pude recibir una educación que me ahorra ese resultado.

—No, no se lo daban.

—Tu hermano debía de ser muy joven.

—Hacía un año que había terminado la uni, así que creo que tenía veintidós. Joven, pero lo bastante mayor como para tener su propio dinero ahorrado. En aquellos tiempos hubo un terremoto en Tokio, uno de cientos, y mis padres estaban de los nervios. Mi padre me llamó para decirme que mi madre estaba preocupadísima por que yo estuviera en Tokio y mi hermano, en Filipinas.

—Pues fue muy valiente por su parte el ir allí. ¿Le fue bien?

—Sí, no hubo problema. Al final acabó volviendo al Reino Unido con ella. —Entrelaza un brazo con el mío y suelta un gemido de comodidad—. Dibújame en la espalda —me susurra—. Lo que sea.

Me da la espalda y le paso la punta del dedo poco a poco por encima de su camisa blanca. Suelta un suspiro. Le trazo formas que ya no recuerdo. Seguro que una fue una nube, y quizás una hoja también, y una flor.

—Quiero ver los cerezos en flor —le digo con la misma ligereza con la que muevo el dedo.

—Esta noche tengo clase, tengo que irme a las seis. —Es el final que sabía que iba a llegar, aunque aún no sabía cuándo. Hasta ahora. Tras una larga pausa, añade—: Shinjuku sería el mejor lugar, pero no llegarás. Puedes ir a Meguro.

—No quiero que este día termine.

—Sigue dibujando —me pide.

¿Cómo se puede alargar un día así? ¿Cómo me aferro a él? El tono gris del exterior y la penumbra del interior se confabulan para que todo me parezca un sueño. Quiero que Landon me hable más de sí mismo, quiero conocerlo por dentro y por fuera. Me asusta que no vayamos a tener tiempo suficiente.

—Oigo una moto —dice. Se pone de pie y se asoma por la puerta, mirando por el pasillo, inmóvil durante lo que me parece una eternidad. Cuando por fin se mueve, añade—: Sé que está ahí, pero no sube...

Se pone sus botas Chelsea sin calcetines, sale dejando la puerta abierta y corre por el pasillo. Una parte de mí quiere saber lo que pasa y otra prefiere esperar con paciencia. Me quedo mirando la puerta entornada, ni acogedora ni arisca, y me parece algo temporal. Irresoluto. Una meditación sobre la

57

paciencia. Vuelve unos minutos más tarde con una caja marrón en brazos, como un niño al que mandan a un recado.

—¡Lo sabía! —dice, mientras se quita las botas con los pies—. El tipo no iba a subir. ¿Te lo puedes creer?

—¿Y cómo pretendía entregar el paquete?

—La verdad, la forma que tienen de hacer las cosas aquí me sigue sorprendiendo.

Apoya la caja en la mesa de la cocina y rompe la cinta de embalar. Para ser que es un adaptador de corriente, parece bastante animado, o a lo mejor es que se muere de ganas de darme el libro. Lo saca de la caja y de su envoltorio de plástico.

—Toma, cariño.

—*Japonés para viajeros* —leo.

—De todos los libros que he visto, este es el más intuitivo —me cuenta, pasando las páginas—. Es muy conversacional. Y práctico.

—Gracias, cariño.

—Creo que tenemos tiempo suficiente para ir a nuestra cafetería favorita.

Esbozo una sonrisa, pero me doy cuenta de que lo hago con una sensación de vacío.

Si bien en parte estoy contento de que tengamos más tiempo, también tengo que contener una creciente molestia provocada por que se acerca el final de nuestro día. Ahora mismo mi peor enemigo soy yo. Se pone sus calcetines ya secos y se queda mirando en el espejo de cuerpo entero que hay cerca de la puerta del baño. Se sube el cuello de la camisa y se ata con pericia la misma corbata verde de rayas rosa. Se la engancha a la camisa con un pasador y ahora veo que tiene un emblema bordado, de esos típicos de las academias. Con la chaqueta puesta, parece más alumno que profesor. Tiene un aspecto de lo más joven. Nunca hemos

58

hablado de edades y él no me lo ha preguntado. ¿Eso significa que no le importa? ¿O sí que le importa y quiere aparentar que no?

Volvemos a la cafetería Use. Me tienta el espacio que he visto esta mañana desde el mostrador, la zona acogedora al otro lado de la puerta. Y, al llegar, es tan cálido y agradable como me imaginaba. Ocupamos la última mesa, en el rincón del fondo, medio encerrada por un panel de cristal con rayas. Se sienta de lado, porque tiene las piernas demasiado largas para ponerlas debajo de la mesa. Una lámpara cuelga en la pared justo por encima de nosotros y arroja unas sombras que me recuerdan a películas sobre la guerra. Echamos un vistazo al menú en dos tablas de madera unidas por el centro y esta vez pedimos un café más elegante, servido en tazas color verde jade. Después de que el camarero se lleve los menús, leo por encima el libro que me ha regalado.

—*Mata ne* —digo. Me esboza una sonrisa lo bastante amplia como para desvelar el hueco que tiene entre los dientes y que me encanta. Pienso en decirle lo mucho que me gusta para ver si acepta un cumplido sobre algo que suele considerarse un defecto, pero entonces recuerdo lo del bruxismo—. Anoche estabas apretando los dientes.

—Anda —suelta—. ¿En serio? Creía que ya no lo hacía.

No sabía que la noticia lo iba a decepcionar tanto.

—¿Nadie te lo ha contado nunca?

—¿Sonaba mucho?

—Fue bastante intenso, sí. —Opto por la sinceridad.

—Hala. Normalmente no duermo tan bien cuando estoy acompañado.

—Pero soy la excepción.

—Puede que haya sido un caso aislado —me dice con una sonrisa cómplice.

59

Ya son las seis. Pagamos por el café y nos dirigimos hacia la estación. El cielo se ha despejado bastante, de modo que veo que se está poniendo el sol. A pesar de que caminamos sin prisa, noto la pena en el corazón. No sé qué me pasa. Me noto más sentimental de lo normal. No quiero dejarlo.

En la estación, le pido ayuda para sacarme un ticket del metro en una de las indescifrables máquinas expendedoras. Es fácil orientarse en el metro de Tokio, lo complicado es entrar. Le doy un fajo de yenes y lo veo trastear con la máquina: en menos de un minuto, sale una tarjetita plateada con las palabras *mo mo pasmo* de una de las ranuras.

—Tiene suficientes viajes como para que te dure la semana que vas a pasar aquí —me dice.

De repente me pongo supersticioso y me arrepiento de habérmela comprado. Pasamos las tarjetas por el torno y entramos. Él va a ir en la línea nueva, la Odakyu, hasta Shinjuku. Y yo voy en dirección contraria, al sur hasta Meguro a bordo de la Inokashira.

—*Mata ne* —le digo.

—*Hai!* —responde él.

Se da la vuelta y baja deprisa por las escaleras. Sé que tiene que ir al trabajo, y no es que no hubiera sabido que este iba a ser el final, pero me parece poco ceremonioso, y el vacío repentino que me queda es como la sensación de haberme olvidado algo, algo esencial que tenía que decir o hacer. Antes de que pueda empezar a pensar siquiera en qué podría ser, ya es demasiado tarde para llamarlo a gritos. No ha tardado en llegar al final de las escaleras y, mudo por la sorpresa de su partida, lo único que puedo hacer es verlo de espaldas hasta que desaparece en el túnel.

60

CAPÍTULO CINCO

Veo a Landon desaparecer en la estación y sucumbo ante una pena lastimera, como si no fuera a verlo nunca más. No me gusta perderme en las emociones puras, como las que me invaden cuando tengo algún sueño intenso y me despierto aliviado, navegando en la estela de los sentimientos que sean antes de que se me disuelvan de los recuerdos. El problema es que esto no es un sueño, por mucho que su desaparición haya hecho que todo el día que hemos pasado lo parezca.

Subo por las escaleras hacia el andén que hay al aire libre, el mismo al que llegué desde Shibuya. Cuando estoy solo es cuando más noto la rareza de Tokio. La cantidad de gente que hay a cualquier hora del día es apabullante y, aun así, me es imposible escapar de la soledad. No es esa soledad que se produce cuando estás solo en casa o en una habitación de hotel, porque ese respiro puede resultar refrescante, sino la que ocurre en los lugares más abarrotados. Y nunca es más evidente que en una estación de tren.

La primera vez que vine a Tokio fue hace solo nueve meses, en pleno verano. En Blue Liberica creían que podría estar bien expandir nuestra gama de cafeterías y aproveché la oportunidad para ir a ver a Sayumi, una vieja amiga que estaba

61

destrozada por la muerte de su hermana. Desde el aeropuerto de Narita, tomé el tren exprés que me dejó justo en el centro de Shibuya. El hotel estaba a pocas manzanas de la estación, siempre que fuera por la salida correcta. En una estación tan grande como la de Shibuya, hay quién sabe cuántas salidas e ir por la equivocada puede desviarte un montón de tu destino. A más de un turista sudoroso he visto cargando con maletas en su intento de descubrir dónde carajos se ha metido. El propio torno ya fue un escollo suficiente, y solo pude superarlo gracias a la ayuda sin palabras de un trabajador de la estación.

No tardé en acostumbrarme, eso sí. No tenía más remedio. Lo que sí tenía era una lista de cafeterías que buscar, la más intrigante de las cuales era una neozelandesa poco conocida en un barrio llamado Kagurazaka. Ya estaba cerca de la estación Yoyogi-Hachiman, donde había ido a probar una cafetería de la lista, pero para la neozelandesa tenía que ir a Shinjuku antes, lo cual, en teoría, es un trayecto bastante sencillo desde donde estaba. Solo había tres paradas hasta llegar a Yoyogi-Hachiman y, además, era la última de la lista.

El tren llegó en menos de cinco minutos y, al contar las paradas, vi que la tercera no era Shinjuku. Y tampoco era la última. Seguí leyendo hacia la cuarta y la quinta y con cada estación que veía me preocupaba más. Llegué a la sexta y me horroricé al ver que tampoco era Shinjuku. Si bien podría haber bajado antes de que se cerraran las puertas, era la hora punta de la tarde y el tren estaba a reventar. A ninguna ciudad se le da tan bien llenar un tren como a Tokio.

El tren salió del túnel subterráneo, y eso nunca es bueno, porque significa que se dirige fuera de la ciudad. Y sí, por la ventana alcanzaba a ver un paisaje infinito de hogares residenciales bajos. Me invadió el pánico y lo único en lo que podía pensar era en que, en Tokio, no hay metro por la noche.

No me va a entender nadie y voy a terminar durmiendo en la acera.
Llegamos a la séptima parada y, mira tú por dónde, no era
Shinjuku. Porque nunca iba a serlo. Porque el tren iba al mon-
te Fuji.

—¿Hay mucho crimen en Tokio? —le pregunté un día a
Sayumi, que vivía allí.

—No hay asesinatos en la calle —me aseguró—. No hay
crimen en Japón, más allá de las niñas pequeñas a las que se-
cuestran —añadió como si nada. Me alivió mucho no pertene-
cer a esa demografía.

Con el corazón a mil por hora, logré posicionarme gradual-
mente en aquel tren a rebosar para poder salir en la siguiente
estación, una que no iba a tardar en descubrir que era la enorme Kyodo. La estación estaba tan llena de gente que se derra-
maban de los trenes como un tarro de hormigas, mientras que
aquellos que tomaban el tren en el otro lado del andén lo hacían
en colas ordenadas. A pesar de la cantidad de gente, me sentía
seguro. En Japón no hay peligro de que nadie me vaya a em-
pujar a las vías, a diferencia de en Nueva York; lo perturbador
es que en Japón es al revés y la gente se lanza por voluntad
propia y a mayor frecuencia. En lo que me colocaba en una de
las colas para esperar a que llegara el tren que sí me iba a llevar
a Shinjuku, comprendí lo robótica que podía llegar a ser la vida
en Tokio. No me resultaría muy difícil pasarme el día en piloto
automático y acabar perdiendo el propósito y la espontanei-
dad, lo que me llevaría a una existencia solitaria. Fue algo ilu-
minador, emocionante y aterrador al mismo tiempo.

Ver a Landon marcharse no me ayuda a mitigar las punzadas
de soledad que experimento en las estaciones de tren de Tokio,

algo por lo que, por la razón que sea, me siento agradecido. Gracias a la experiencia que tuve en Kyodo, voy con sumo cuidado a pesar de que ya me oriento mucho mejor.

Nunca he estado en Meguro, y para llegar al río debo ir en tren hasta Naka-Meguro, que no debe confundirse con la estación de Meguro en sí. Porque sí que es fácil confundirlas. Acabo en Shibuya una vez más para hacer transbordo, y ahora que la conozco mejor me doy un momento para maravillarme ante lo inmensa que es la ciudad. Voy a un lugar con vistas al famoso cruce de peatones: cinco vías amplias que cruzan una intersección entre cinco carreteras amplias. Hay masas de personas que se reúnen en todos los lados de las calles, como si estuvieran contenidos por vallas invisibles, y cada segundo que pasa se suma más gente, hasta que parece que no cabe ni un alfiler. Es entonces que los semáforos cambian por fin y todos los coches ceden el paso. La intersección es muy abierta y hay cientos de personas que caminan de un punto a otro en todas las direcciones. Los semáforos cambian una vez más y los vehículos emprenden la marcha de nuevo. Y así sigue el círculo. Siempre me deja hipnotizado. Sayumi me animó a cruzarlo la última vez que vine y me dejó sin palabras que tantísimas personas pudieran coexistir en armonía. Estaría bien volver a hacerlo.

Para cuando llego a Naka-Meguro, ya es de noche. No tengo que caminar mucho para llegar al río desde la estación y, sin mucho tardar, acabo en medio de un pequeño puente rodeado de personas. Todo el mundo ha ido a ver los cerezos en flor y entiendo por qué lo hacen. El río es estrecho pero profundo y en las riberas, en ambas direcciones, hay cientos de cerezos en flor iluminados. Sus ramas se estiran y se entrecruzan desde los dos lados del río y ocultan el agua casi por completo bajo unas copas de tono rosa, blanco, morado y amarillo.

64

En los caminos de las riberas, bajo los árboles, la gente se reúne en torno a barbacoas e *izakaya* bajo lámparas hexagonales rojas. El ambiente es muy festivo, pero la brisa que sopla es tan débil que los miles de pétalos flotan hacia un río plácido que parece un largo espejo negro. Dentro de unos días, todas estas flores habrán desaparecido. Hay algo muy triste en esa transitoriedad y no puedo evitar pensar en cómo es posible que algo tan bello sea tan triste al mismo tiempo.

Me han dicho que he tenido mucha suerte de haber podido ir a Tokio en el momento justo. Muchos vienen de todas partes del mundo demasiado pronto o demasiado tarde y se pierden las legendarias flores. Se puede comer sushi en cualquier lado, Shibuya siempre tendrá alguien que la cruce; sin embargo, las flores solo duran unos pocos días. Si bien solo estoy aquí por casualidad, es hoy, no ayer ni mañana, cuando se encuentran en su punto álgido de belleza. Hoy todo está precioso y mañana ya no será así. Puede que nunca jamás exista un día tan bello como este. Noto que el corazón me late más pesado, con una mezcla de comprensión, ansiedad y emoción que lo recorre entero. Intento entenderme a mí mismo, pero entonces me llega el arrepentimiento, en concreto el de cuando Landon y yo nos despedimos fuera de aquella cafetería de Nueva York y yo ni siquiera me esperé a que se metiera en un taxi camino al aeropuerto, ni tampoco me volví para mirarlo cuando me alejaba. Y, aunque no sé qué aspecto positivo podrían haber desatado aquellas acciones que no llevé a cabo, poco después me senté en una roca de Central Park, ansioso por volver a verlo. Del mismo modo, no me imagino qué va a tener de positivo verlo ahora mismo, en especial porque hemos pasado la noche anterior y el día de hoy juntos, pero estoy en Tokio, y él también, y, por lo que sea, quiero aprovechar esa oportunidad. Saco el móvil para mandarle un mensaje y descubro que él se me ha adelantado. Me emociono más que nunca y decido to-mármelo como una señal.

¿Has podido llegar?, me pregunta, como si me hubiera quedado rezagado y ahora me estuviera buscando.

Sí, aquí estoy, le respondo, junto con una foto del río. Me responde de inmediato: *Qué bonito.*

Le contesto: *Quiero verte cuando salgas de trabajar. No te quitaré mucho tiempo, solo quiero verte.*

Paseo por el sendero y lo sigo río abajo a través de incontables rostros que entran y salen del humo del carbón. Esquivo a cientos de personas que toman fotos, aunque debo de haber fastidiado la mayoría de ellas. Me doy un respiro para comer algo de uno de los puestos y luego cruzo para volver río arriba, pero, para cuando llego a mi punto de partida, me sobrepasa la cacofonía que me rodea.

Las ansias de los cerezos en flor me superan, así que huyo del río en busca de más. Hago un trayecto en tren de media hora hasta Ueno, uno de los pocos parques de la ciudad que abren hasta tarde. Como en Meguro, los árboles están iluminados, pero aquí veo el lado enloquecido de la fiesta. Hay diez veces más personas, y, caminando por el paseo que atraviesa el parque, me parece una migración de animales salvajes en busca de prados más frescos. El largo tramo del paseo está delineado por cerezos en el punto álgido de su floración. Alzo la mirada y veo largas ramas cargadas de grupitos de pétalos rosados que parecen nubes y se estiran hacia el cielo oscuro, y me parece lo más mágico de la vida. Sin embargo, justo por debajo de los árboles, la gente despliega lonas brillantes de un tono azul nada estético que cubren todo el paseo. Las lonas hacen las veces de tapete para el *hanami* o para un pícnic tradicional bajo los árboles. El *hanami* es una tradición pensada para observar la belleza de las flores, algo un poco paradójico teniendo en cuenta el aspecto antiestético de la lona.

Me desvío del paseo y bajo por unas escaleras que me llevan a un camino. Al final veo lo que creo que es un templo octagonal de tejado verde. Reluce bajo las luces y me tienta a que vea esa estructura regia desde más cerca. Aun así, de cerca es una locura. En el sendero angosto que hay justo antes de llegar el templo, me rodean tantas personas que casi ni veo el suelo. A ambos lados hay puestos de comida que ofrecen tantos platos distintos que es imposible decidirse. ¿Dónde me he metido? Yo quería ver los cerezos en flor y ahora he acabado en un vórtice. A pesar de que no soy claustrofóbico, en esta ocasión sí que tengo que huir. Por fin estoy agotado y regreso camino a la estación.

Para medianoche, ya he vuelto al silencio de Shimokitazawa. Las calles están prácticamente vacías y, a solas con mis pensamientos, no me queda más remedio que darle vueltas al tema que he estado evitando. ¿Por qué no he sabido nada más de él? ¿Lo he espantado? Fijo que hay una explicación razonable, el problema es que ninguna me convence. Subo por las escaleras empinadas desde la calle y recorro el pasillo, bajo la tenue iluminación de las dudas, hasta la puerta principal. Todo está tan tranquilo que empiezo a sospechar que aquí no vive nadie más. Abro la puerta y me quito los zapatos. Hace unas horas estaba aquí mismo conmigo, secándose los calcetines, haciéndome fotos, mirando el árbol. A oscuras, me tumbo en la cama de cara a la ventana. Aunque no lo veo, sé que el árbol está ahí.

Como si de la luz de la esperanza se tratase, me muero de ganas de que se me ilumine el móvil para darme una buena noticia, pero él no me escribe. Le doy vueltas a todo para tratar de entender su silencio y me alejo de las respuestas que más miedo me dan. Para que se me ocurran las respuestas que me parecen más seguras y agradables, formulo las preguntas sin cesar, en muchas formas distintas, hasta que me vence el sueño.

67

CAPÍTULO SEIS

Al asomarse entre los rascacielos, el sol parpadea como una luz estroboscópica mientras miro por la ventana del expreso que va a Kamakura. Anteayer, cuando me hizo un itinerario, Landon me sugirió que fuera a esa pequeña ciudad costera en lugar de al monte Fuji, donde pretendía ir en un principio.

—Podrías ir ahí, pero es que en Kamakura hay mucho más que hacer.

Bajo en la estación y, de inmediato, gran parte del gentío fluye en una misma dirección. Supongo que debemos de estar yendo a algún lugar importante. Y sí, no tardamos en pisar la avenida principal y, como peregrinos, recorremos esa isla amplia y elevada delineada por cerezos. Por desgracia, las flores ya han pasado por su punto álgido y tienen una pinta más desaliñada que encantadora. A pesar de que Kamakura no está muy lejos de Tokio, la minúscula diferencia del clima los ha hecho florecer mucho antes. Al final de la avenida, un arco *torii* marca la entrada a un conjunto de santuarios, jardines y museos. Un puente curvo cruza un estanque sobre el que se derraman los cerezos de ramas más largas.

Me sobrepasa un poco el asimilarlo todo de golpe, así que me doy unos segundos para centrarme. Hay muchísimos santuarios en la lista que me dio Landon, ninguno de los cuales me queda muy cerca. Sería imposible verlos todos a menos que uno sea un fanático de los santuarios, algo que entiendo, la verdad, pero Landon me insistió en que encontrara ese en el que se lava el dinero. Y, ya que estoy aquí, debería ir a ver el Daibutsu, el buda gigante, aunque me quede a un buen rato caminando. Decido que esos dos hitos serán suficientes para un día y después de eso iré a buscar la cafetería de jazz para comer algo antes de volver a Tokio.

Dado que se supone que el santuario del dinero está cerca, voy a ello primero. Por alguna razón, no lo encuentro y termino abortando la misión. En mi búsqueda del santuario del blanqueo de capitales, encuentro un cartel en una intersección que reza «Siga las flechas para ir por la ruta corta hacia el Daibutsu». Dichas flechas, por suerte acompañadas de un emoji de buda, señalan a la izquierda. Luego me enteraré de que lo habría encontrado si hubiera girado a la derecha en aquella misma intersección.

La caminata hacia el buda gigante resulta ser una buena forma de alejarme de la muchedumbre. Kamakura es un lugar montañoso y boscoso y puede llegar a ser muy tranquilo, pero, cuando por fin llego al Daibutsu, vuelve a haber un montón de gente. Parece que buda y los cerezos en flor son una mala combinación. Cada dos segundos veo a una persona de aspecto distinguido haciendo el payaso con las dos manos en forma del símbolo de la paz o enmarcando a cincuenta personas con un palo para selfis. Es una locura.

A pesar del caos que me rodea, me tranquiliza el buda, con la mirada gacha y las manos en el regazo en un *om* perpetuo. Ese tamaño enorme que tiene, su constancia incluso después de setecientos años en un país en el que se inventó la palabra *tsunami*, me hace sentir seguro. Es como que me dice que, visto con perspectiva, nada es tan importante.

Paseo por los alrededores y me acerco a una zona boscosa más allá de la pared que hay detrás de la estatua. Cruzo una puerta y sigo un sendero de tierra; a muchas menos personas les interesa esta zona y, según veo, la mayoría solo va ahí en busca de los baños o el puesto que tiene todas las máquinas expendedoras. Me alejo más y veo una pequeña cabaña rodeada de una valla y con un marcador de piedra delante. Un hombre blanco y alto, despeinado por el viento, con gafas de sol y un chaleco negro está delante de la piedra. Conforme me acerco, me doy cuenta de que me está mirando. De hecho, sonríe, y lo primero en lo que pienso es en si me estará sonriendo a mí. Cuanto más me acerco, más me sonríe, y, cuando habla al fin, me doy cuenta de quién es.

—¿De verdad eres tú? —me pregunta.

—¡Sebastian! ¿Qué haces aquí? ¿No decías que no te gustaba Japón?

Sebastian se encoge de hombros.

Hace unos años, fui a ver a un amigo cantautor al Pianos, un venerable recinto de conciertos en el Lower East Side en el que han actuado muchísimos músicos famosos antes de llegar al estrellato. Conseguir un bolo en el Pianos no es nada fácil, así que mi amigo estaba encantado. Y yo me alegraba mucho por él, hasta que me dijo cuándo iba a ser el concierto: el viernes después de Acción de Gracias, por lo que no iba a haber ni Dios en la ciudad. Hasta el músico callejero sin oído musical que le da de hostias a la pandereta en el tren de la línea D habría conseguido el bolo. Pero bueno, que el Pianos es mucho Pianos y yo pensaba ir a apoyarlo.

Llegué a las 08 p. m. y me dirigí a la sala de la planta de arriba, donde se suponía que iba a ser el concierto, pero no había ni cristo, así que fui al bar de abajo. Como todavía no

70

había cenado, me pedí una hamburguesa con patatas fritas. A mi lado había un hombre como de mi edad al que le acababan de servir lo mismo que había pedido yo y que recogió la hamburguesa con cuidado para dar el primer bocado. Cuando lo hizo, la hamburguesa lanzó un chorro de algo por el otro lado y se pegó a la pared del lado opuesto. Horrorizado y avergonzado, miró en derredor y, al ver que yo acababa de presenciar lo que había pasado, los dos soltamos una buena carcajada.

—Me muero de hambre —dijo con voz cansada y se encogió de hombros.

No tardaron en traerme el plato y me preparé mentalmente para el primer bocado, a sabiendas de que bien podría disparar algo contra la pared. Lo miré y me guiñó el ojo. Avergonzado, di el primer bocado y me tranquilicé al ver que nada salía disparado.

—Está buena —le murmuré.

Para su último bocado, hizo una especie de escoba con las cinco patatas que le quedaban y mojó todo el kétchup del plato. Tras comerse la escoba, se presentó.

—Me llamo Sebastian.

—Encantado.

—¿Has venido a algún concierto?

—Se supone que he venido a ver el concierto de un amigo en el piso de arriba, pero, como ves…

—Estaría bien ver algo por aquí. Es la primera vez que vengo.

—¿A Nueva York?

—No, a este bar.

—Ah. ¿Vives por aquí?

—No, soy de Alemania, de hecho. Soy piloto de Lufthansa.

¿Qué será lo que tienen los pilotos? ¿Ser atractivos es un requisito? Oigo a alguien decir *piloto* y lo primero que se me

71

pasa por la cabeza es la imagen de un hombre uniformado con una azafata seducida pero caída en desgracia entre sus brazos. Intento no cosificar a Sebastian porque, con su cabello oscuro, ojos verde azul y tez nada rosada, podría hacer que hasta las cintas correderas de las maletas parecieran lo más sexi del mundo. No me parece nada alemán, al menos no en un estilo Bastian Schweinsteiger. Tampoco me suena alemán, aunque de vez en cuando pronunciaba alguna palabra en concreto de forma un tanto creativa. Parecía muy joven para ser piloto y llevaba un atuendo nada apropiado, vaqueros y una camiseta de Elmo, algo que llevaría un milenial con afición a los videojuegos. Imagino que los pilotos no pueden ir con el uniforme y el sombrero todo el día. Me contó que solía hacer la ruta entre Nueva York y Fráncfort para la aerolínea Lufthansa y que solo iba a pasar la noche allí. A pesar del poco tiempo que tenía, siempre insistía en salir a la ciudad en sí.

—No soporto quedarme en el hotel del aeropuerto —dijo—. Cada vez que vengo, me acerco a la ciudad.

Por fin oímos unos ruidos prometedores en la planta de arriba, de modo que lo invité a acompañarme. Mi amigo acabó actuando un rato delante de unas quince personas, diez de las cuales habían llegado antes de hora a la función de las nueve. Tras el concierto, Sebastian quería ir a ver el vecindario, así que salimos a dar una vuelta.

Como a mucha gente, a Sebastian le gusta viajar, solo que él nunca presume ni lo hace parecer más glamuroso en redes sociales como sí hace la mayoría, y eso me gusta de él. Aun así, lo que de verdad admiro de él es que le gustan los viajes más largos. Antes de sacarse la licencia de piloto, vivió en Ciudad de México y en Hong Kong, su ciudad asiática favorita. Me habló de la vida que tenía en esas ciudades, en lo inmerso que estaba en su cultura y en su día a día.

—Quiero llegar a hacer eso algún día —le conté.

—Es increíble. Me gusta mucho más que las listas de ciudades por visitar que se hace la gente últimamente.

Llevaba casi veinte años con Matthias y, si bien no me especificó que su relación estuviera atravesando baches, sí que capté cierta tristeza general en él. Quizá se debía a la predictibilidad de una relación estable tan larga o solo estaba cansado por el vuelo, quién sabe. No sabía qué frecuencia tenía su ruta, pero nos veíamos de vez en cuando y nos íbamos a tomar un café por aquí y por allá. Durante aquel breve periodo no tardamos en hacernos buenos amigos sin mucho esfuerzo, aunque no quise parecer presuntuoso hasta que él mismo lo dijo:

—Está claro que hay química entre nosotros.

Para la primavera del año siguiente, venía muy de vez en cuando y solo lo vi un par de veces. El invierno pasado estuvo en Nueva York y quedamos para charlar. Resulta que había pedido un cambio de ruta y pasó a volar hacia Asia. Le conté que yo iba a ir a Tokio en primavera y que era una ciudad maravillosa, pero él negó con la cabeza.

—No me gusta Japón, la verdad —me dijo—. No iría nunca.

De modo que encontrármelo aquí, en Japón, en el bosque detrás de un buda gigante, me parece surrealista. Hay millones de personas, millones de turistas, millones de sitios a los que ir, y los dos hemos acabado en el mismo. Me gustaría decir que no me había pasado nunca, pero sí que hubo otra vez, con un «vecino» al que suelo ver por la calle del East Village, a veces en el supermercado y a veces en la farmacia. Y entonces, una tarde, nos cruzamos en la calle Great Russell, delante del Museo Británico de Londres. No nos lo podíamos creer, pero, como tampoco nos conocíamos, no supimos qué hacer más allá de sonreírnos y mirarnos con asombro. Él optó por darme un abrazo y me dijo que al día siguiente se iba para Ibiza. Resulta que esas casualidades sí que son posibles y que hasta pueden pasar más de una vez, aunque me sigue sorprendiendo, claro. Y, en el caso de Sebastian, ocurre en el lugar menos probable de todos, un país que afirma que no le gusta.

—He venido a Tokio —le digo.

—Ya, yo también. Oye, ¿quieres cenar conmigo esta noche?

—No puedo, una amiga ha organizado un *hanami* para mí. El pícnic ese bajo los cerezos en flor, ya sabes. ¿Te parece bien que quedemos mañana? ¿Cuánto tiempo vas a estar por aquí?

—Me voy el sábado. No sé qué planes tendré, pero sigamos en contacto.

—Sí, ya decidiremos un día. ¿Has venido con...?

—No, es un viaje con Lufthansa. Pero bueno, tengo que volver ya, que seguro que me están buscando. Ya hablaremos, ¿vale?

Salimos del bosque y nos despedimos con un abrazo detrás del buda.

Después de que se marchase, caigo en la cuenta de que no puedo volver andando a la zona de la estación de Kamakura, porque luego no me quedarán fuerzas para ir a buscar la cafetería de jazz. Sigo las direcciones escritas en la entrada sobre cómo llegar a Hase, la estación más cercana. Llego sin mucha dificultad y me subo a un tren verde de aspecto clásico que hace las veces de tranvía. Va al aire libre, a través de calles y jardines traseros. Me da la sensación de estar en Alemania y me pregunto si es porque acabo de ver a Sebastian. No tardo nada en llegar a mi punto de partida.

Desde la estación de Kamakura, la cafetería no resulta muy difícil de encontrar. Está cobijada entre unas casas en

74

silencio, en el callejón de otro callejón de unas tres baldosas de ancho. Perdería el encanto si estuviera en algún lugar por el que pasara mucha gente. A través del pequeño recibidor, cruzo las puertas dobles de cristal esmerilado grabadas con las palabras «Milk Hall». Me recibe una alacena alta y antigua con un gran espejo en el centro. Me veo el reflejo, horrorizado por la cara de cansado que tengo. Una caja registradora aparatosa y de madera reposa sobre una vitrina de cristal, y en un estante cercano hay portadas de vinilos enmarcadas de Count Basie en Montreux en 1977 y de Miles Davis en Carnegie Hall. La cafetería resulta ser una tienda de antigüedades al mismo tiempo. La propietaria sale de una sala adyacente con una sonrisa alegre.

—Todo tiene al menos cincuenta años —me informa.

Le pido una mesa y me acompaña a la estancia principal, que conduce a otras zonas más pequeñas con asientos.

Me imagino que me he perdido la hora más ajetreada de la comida, porque me coloca en un asiento excelente, delante de un piano vertical con un montón de objetos decorativos encima. En la pared arriba del piano cuelga un reloj de péndulo y un cartel publicitario del circo enmarcado. En el piano hay una lámpara *art déco*, varios relojes despertador y unos cuantos libros infantiles. Uno de los libros, titulado *A ma façon, a ta façon*, me llama la atención porque tiene la ilustración de un gato vestido con un traje añil, con un panamá en una mano y una vara en la otra. Es una escena perfecta para el desafío de encontrar la cafetería, lo que me hace acordarme de Landon (aunque no es que no haya pensado en él hoy). A pesar de que me dan ganas de mandarle una foto, me contengo porque no sé nada de él desde anoche y no quiero parecer desesperado y un incordio. Aun así, mandarle una foto me habría ahorrado la vergüenza de que pasara de mí (siempre que no fuera a no

75

contestarme por segunda vez). En cualquier caso, el que sale perdiendo soy yo porque estoy dejando que se vaya de rositas y sí que estoy desesperado, así que le mando el reto. La pista: «leche entera».

Solo que entonces me parece que el mensaje es demasiado absurdo y poco gracioso, así que lo termino invitando al *hanami* de Sayumi. Justo cuando mando el mensaje, me doy cuenta de que ella (o cualquier otra persona, vaya) no sabe nada de él y me decepciona mi propia temeridad y absoluta falta de autocontrol. Sea como fuere, si estos mensajes se quedan sin respuesta, ya serán dos veces más que no me hace caso. Para cuando termino un plato de curri japonés, él me ha contestado con una disculpa porque no puede ir al pícnic y yo me alivio por partida doble porque sí que me ha hecho caso y porque su ausencia me ahorra el tener que retirar la invitación o el tener que inventarme una historia sobre él para Sayumi. *Nos vemos mañana*, añade. El mensaje me hace sentir mejor de inmediato y me sorprende que, en lo que concierne a él, hace falta muy poco para animarme.

Logro disfrutar del ambiente con una porción de tarta de queso con arándanos. Los pocos comensales hambrientos que quedaban ya se han ido y me quedo con los que han venido para la parte de la cafetería. Retiran los platos y los reemplazan con humeantes tazas de café y té. El cambio se nota en el ambiente. Oigo una melodía de Jobim y sí, la cafetería es encantadora. Si hubiera estado en Nueva York, habría sido de las más populares. Me parece interesantísimo que, más allá de Nueva York, no se me ocurra ninguna otra ciudad no estadounidense que sea tan dada al jazz como Tokio. Quizás eso también explique la obsesión con el béisbol que tienen aquí.

Pago por la comida y, de camino al exterior, veo unas postales dispuestas en un armario. Me llama la atención una foto

76

en blanco y negro del vestíbulo de la cafetería con la puerta abierta. Está hecha de noche y una ligera bruma difumina la luz que emite una lámpara con forma de bellota que cuelga del techo. Captura el espíritu de la cafetería a la perfección y compro una de recuerdo.

En el tren de vuelta a Tokio, paso la hora del trayecto hojeando el libro que me ha regalado Landon. Supongo que de día soy un poco más valiente. Con cautela, me permito pensar y preguntarme algo que he estado intentando evitar, algo a lo que ya le di vueltas anoche pero que hoy me parece el momento apropiado para retomar. ¿Me estoy imaginando las cosas? Por mucho que sea lo bastante valiente para hacer la pregunta, ¿lo soy también para enfrentarme a la posible respuesta? O bien no tengo la respuesta y me lo estoy inventando todo, o sí la tengo y me da demasiado miedo admitirlo. Por el momento, me digo que no son imaginaciones mías.

CAPÍTULO SIETE

Sayumi es una de las primeras amigas que hice en Nueva York. Mudarse a otro país ya es lo bastante duro y, cuando se pasa la emoción de una nueva aventura, forjar amistades duraderas fue otro desafío más. Tras irme de Brooklyn para vivir en el East Village durante el primer año que pasé en la ciudad, me familiaricé con todas las manzanas de cada calle. Aprendí que las avenidas se organizaban en un orden 3-2-1 y luego en A-B-C. Que, al oeste del parque Tompkins Square, la calle 8 se denomina St. Mark's. En lo que recorría el barrio en busca de una peluquería barata, encontré una que directamente era gratis, si el corte me lo hacían los alumnos de Peluquería y Estética para practicar.

Entré y allí vi a Sayumi, atendiendo en el mostrador. Así la conocí. Le dije que estaba dispuesto a que me cortara el pelo alguno de los alumnos y me asignó una mujer que se llamaba Donna D'Angelo. Hacía casi un año que no me lo cortaba y ya casi me llegaba a los hombros. Si bien solo quería recortármelo un poco, Donna se pasó cuatro horas dale que te pego y su instructor tuvo que acabar el corte por ella. Volví una vez más varios meses después y me encontré con Sayumi otra vez, pero unas semanas más tarde tuve problemas con inmigración y me vi obligado a irme de Estados Unidos.

Para entonces trabajaba para un hombre de negocios bastante chungo de la zona residencial de Jersey City y este había cerrado el negocio de golpe y porrazo porque resulta que, así a escondidas, había estado reclutando enfermeras de Filipinas ilegalmente, además de cometer toda una ristra de infracciones más. Estaba en busca y captura en ambos países y las malas lenguas decían que había huido a Oriente Medio. El tiparraco en sí no viene a cuento, pero que hubiera cerrado el negocio implicó que se me acabara el permiso de trabajo y tuviera que salir del país casi sin que me diera tiempo a recoger el futón.

Tras pasar medio año en Manila, por fin volví a Nueva York tras encontrar un nuevo jefe que estuviera dispuesto a contratar a un no estadounidense y sacarme otro visado en la embajada. En algún momento necesité cortarme el pelo otra vez, algo que parece muy poco importante después de mencionar todo el calvario con inmigración. Aun así, no podía pasar sin él, así que volví al mismo establecimiento y recuerdo que me encontré con una muy sorprendida Sayumi que me miraba con la boca abierta. Me saludó con un atronador «¡Bienvenido!», con los brazos estirados como las agujas de un reloj de Mickey Mouse. Y me dio un abrazo como si hiciera décadas que nos conocíamos. Todas las miradas de aquella pequeña peluquería del East Village se volvieron hacia nosotros y recuerdo que, cuando me abrazó, pensé: ¿Cuándo nos hemos hecho amigos? Porque no nos habíamos visto nunca fuera de la peluquería. Debió de notar que algo me había ido mal y que mi regreso era motivo de celebración; ella siempre ha sido así. Es una persona cálida y simpática de verdad que se convierte en tu amiga al instante.

Ese día es el que considero que nos hicimos amigos de forma oficial. Desde entonces, quedábamos de vez en cuando. Trabajaba a tiempo parcial atendiendo en la peluquería y por la mañana estudiaba diseño de interiores en el Fashion Institute of Technology. Por aquel entonces, ya hacía cinco años que se había ido de Japón y hablaba muy bien inglés, aunque el nombre «Elizabeth» siempre se le hacía cuesta arriba.

—Voy a una fiesta de cumpleaños al Tasting Room de... Er... Eriz... Eh... ¡Ya sabes que no puedo pronunciarlo!

Era entonces cuando Sam, su novio en aquellos tiempos, se interponía para corregirla, aunque con cierto dejo de condescendencia. Sam era chino de segunda generación y había nacido y se había criado en Nueva York, por lo que su acento neoyorquino-chino era increíble. Al principio me pareció que no hacían muy buena pareja, porque parecían discutir por todo, pero con el tiempo pareció que eso les iba bien.

Unos dos años después, la que tuvo problemas con inmigración fue ella, cuando le caducó el visado de estudiante. Nuestros amigos decían que no tenía nada de lo que preocuparse, que llevaba muchos años allí, que no debería pasar nada y que la peluquería le estaba gestionando el trámite.

Aunque dicho así suena muy sencillo, la realidad de conseguir un permiso de trabajo es que se trata de un complicado proceso en dos fases que suele hacer sufrir mucho al afectado, como me pasó a mí. Hay una fecha exacta en el visado existente que indica hasta cuándo está vigente, y yo estaba viviendo mi vida intentando hacer que todo fuera tan normal como pudiera y alejándome de los pensamientos que me decían que cada vez quedaba menos tiempo, que tenía los días contados. La ansiedad va creciendo conforme uno se acerca a la fecha, al pensar en el complicado proceso gubernamental que hay que pasar, y no es de extrañar que acabe generando una gran crisis mental y emocional, de esas que te dejan tirado en el suelo de la cocina para llorar a lágrima viva. Antes de que llegue esa fecha, tengo que haber cumplimentado una solicitud para el nuevo permiso de trabajo, lo cual implica que debo haber encontrado a alguien que me dé trabajo (si no lo tenía ya) y que firme la solicitud como parte financiadora. Sin embargo, no hay muchos empleadores que estén dispuestos a contratar a un extranjero, por el coste añadido y el papeleo que involucra. Sayumi, al igual que yo, tuvo la suerte de dar con uno que sí. En su caso, la peluquería le firmó los documentos con la condición de que ella cargara con el coste de los abogados y de la tasa de solicitud.

Como tampoco tenía otra opción, cumplimentó el papeleo en Seguridad Nacional antes de que le caducara el visado de estudiante, lo cual le concedió una extensión por defecto. Si le negaban la solicitud, iba a tener que irse del país de inmediato. Tras meses de ansiedad y tortura, se la terminaron aceptando y le enviaron el aviso por correo ordinario. Podría haberse quedado en Estados Unidos y seguir con su vida, pero quería visitar Japón, por lo que eso hizo. No obstante, para poder volver a entrar en el país, iba a necesitar otro visado en su pasaporte, y esa es la segunda fase del proceso.

Pidió cita en la embajada de Estados Unidos en Tokio y presentó su aviso de aceptación junto con una solicitud que afirmaba que no iba a cometer espionaje ni involucrarse en actividades terroristas, que nunca había cometido ningún genocidio y que no iba a comerciar con órganos humanos ni tejidos corporales. Yo paso por el mismo proceso en Manila, solo que en mi caso tardo más porque hay muchas más personas que quieren irse de Filipinas. Tal vez por culpa de la desinformación sobre los detalles de las leyes de inmigración, que pueden llegar a ser una trampa mortal, dijo sin querer que no, que no era espía ni estaba involucrada en el mercado negro, sino que había estado trabajando en una peluquería mientras estudiaba. Trabajar con un visado de estudiante va en contra de la ley y no solo la implica a ella, sino al negocio también. Le negaron el visado y le prohibieron volver al país durante cinco años.

Nos quedamos anonadados. Intenté explicarles a nuestros amigos estadounidenses que, por mucho que uno se hubiera integrado en Nueva York, aunque montara barbacoas el Día de la Independencia o lo que sea y sonara como su vecino de Ohio, así es la vida de los inmigrantes. Un inmigrante distinto del que se ve en las noticias tal vez, pero uno que cruza una frontera en busca de mejores oportunidades de todos modos. Me sentía culpable por no haberle transmitido todo lo que sabía. Debería habérmelo imaginado. Cometí un error al creer que ella ya sabía cómo iba todo y les seguí la corriente a los demás, con sus falsos consuelos. Me entristeció enterarme, y más aún cuando tardé en volver a saber algo de ella. Sucedió en la oscura época (genial en retrospectiva) anterior a que las redes sociales se convirtieran en la representación de la existencia de una persona. Con el tiempo, a través de amigos mutuos, me enteré de que Sam y ella lo habían dejado. Sam fue a verla una vez a Japón y le dejó claro que no pensaba mudarse allí. Además, su relación ya llevaba tiempo en la cuerda floja (en un momento dado hubo una infidelidad y una Sayumi llorando mientras tiraba un árbol de Navidad seco a la calle, dejando tras de sí un reguero de agujas de pino). Estaba destrozada. Aun así, se recompuso y, tras pasar un tiempo con su familia en Yokohama, encontró un trabajo que le gustaba en Tokio.

Ya han pasado cinco años y hace tiempo que expiró la prohibición. Ha viajado a la Costa Oeste por trabajo, pero nunca ha vuelto a Nueva York. Durante mi primer viaje a Tokio, la volví a ver después de muchos años. Ella nunca envejece y, como todos los japoneses menos los luchadores de sumo, era y sigue siendo tan delgada que parece imposible, coma lo que coma. Seguía llorando la muerte de su hermana Tomoko, pero, a pesar de todo ello, para nuestro encuentro me llevó a un *yakatabune*, un lujoso barco que surcaba la bahía de Tokio al anochecer. Nos sentamos en tatamis y a Tadami, su nuevo novio, le encargó que preparara *monjayaki*, una especie de tortitas saladas, en una plancha con dos espátulas amplias. La reputación lo precedía. Cuando volví a Nueva York después del viaje, lo primero que me preguntaron nuestros amigos fue si había conocido al buenorro de su novio. Nada de la prohibición de cinco años, del tsunami de 2011 ni de la muerte de su hermana siquiera, sino que si había conocido al novio buenorro.

Sí que lo conocí, claro, y sí que es muy apuesto. Tiene unos grandes ojos almendrados, una nariz estrella y hoyuelos japoneses (de esos que están más abajo en la mejilla). Tiene el pelo corto y recto y a veces se le pone de punta. Cuando hace jiujitsu, con una cinta en la frente, es un personaje de *manga* que ha cobrado vida. Cuando sonríe, oigo la tonadita que suena cuando alguien recibe puntos extra en un videojuego. No hablamos mucho porque no hablo japonés y él no sabe inglés, y de camino al muelle para subir al *yakatabune* creo que compartimos unas risas ante la misma absurdidad. Dijo algo en japonés y, sin entender ni jota, le respondí en inglés. Se me quedó mirando con una sonrisa en la cara, sin comprender nada de lo que acababa de decir. Seguí repitiéndoselo hasta que me di cuenta de que no iba a entenderlo nunca. En cualquier caso, Sayumi traduce para los dos o lo deja encargándose de cualquier tarea, como preparar *monjayaki*.

En este viaje, me prepara un *hanami* solo para mí. *Iremos a la isla Tennozu*, me escribe. *No hay turistas.*
    Suena muy bien.

83

Avísame cuando llegues a Shinagawa. Nos podemos ver delante del Dean & Deluca.

Me parece rarísimo quedar con ella en el Dean & Deluca porque, en primer lugar, es una institución de Nueva York, y, en segundo, también es donde quedo yo con amigos de fuera de la ciudad. En el caso de Nueva York, se encuentra en la esquina sureste entre las calles Prince y Broadway, una intersección que conozco muchísimo y que debo de haber recorrido un millón de veces. En la isla Tennozu, no veo ningún Dean & Deluca ni tampoco ninguna otra tienda, vaya. Lo que sí veo son dos enormes campos de béisbol con los focos a máxima potencia. Uno podría esperarse ver a un gran público bajo esas luces tan brillantes, pero solo son los equipos de barrio. Le mando fotos de lo que veo y me responde: *¡Ah! ¡Si estás en Tennozu! Voy a buscarte.*

Por alguna razón, he omitido por completo la mención a Shinagawa y he ido en tren hasta la isla. Un cuarto de hora más tarde, la veo salir de un taxi con una enorme sonrisa.

—¡Hola! ¡Perdona! —me saluda. Saca con alegría dos bolsas enormes de Dean & Deluca de la parte de atrás y eso me descoloca por un momento—. Es aquí —añade.

Me lleva por el campo de béisbol hasta el borde de la isla, donde el río Meguro desemboca en la bahía de Tokio. El parque desciende hasta el agua, de modo que vamos a las escaleras de piedra que conducen a la base de un puente con forma de arco. Bajo un árbol espectacular, ha reservado un sitio con la lona azul oficial.

—¡Es precioso! —le digo. Y sí, el parque no es famoso por su abundancia de cerezos, pero los que tienen son grandes y exuberantes. Y lo mejor de todo es que casi no hay nadie.

—Vivo por ahí —me explica con una sonrisa orgullosa, señalando hacia el puente, que conecta con la isla principal.

Extiende una manta encima de la lona y vacía las bolsas de Dean & Deluca. Saca un cuenco de ensalada, rollitos de primavera, hand rolls, sushi y vino. Todo un festín. Hay lámparas por todas partes en el parque, pero no necesariamente para iluminar los árboles, de modo que bajo ellos estamos en penumbra. Y parece que me ha leído la mente, porque Tadami, apuesto como siempre con su abrigo y el cabello peinado a un lado, baja por las escaleras con una lámpara en la mano, como si llevara a cabo una ceremonia moderna. La deja en medio de la manta y sonríe con alegría mientras dice algo en japonés. Cuando se sienta, Sayumi, por lo que entiendo, le cuenta lo de nuestro pequeño error de comunicación. Él responde con una sonrisa, un tono de voz y un lenguaje corporal particulares.

—Dice que ya sabía que nos iba a pasar eso —me explica ella, y nos echamos a reír.

—No es culpa tuya, porque sí que me has dicho Shinagawa —le digo en su defensa.

Después de cenar, Sayumi me dice que Tadami tiene que irse, o tal vez es su manera de decir que lo ha echado. Se lleva la comida y la lámpara para que ella no tenga que cargar con todo hasta casa y lo vemos cruzar el puente mientras nosotros nos alejamos del parque.

—Me he alegrado de verlo otra vez —le digo.

—Sí, es un buen novio a veces. Te cuento algo, ¿sí?

—Sí, claro.

—La madre de Tadami, no le caigo bien —revela con una sonrisa traviesa.

—Anda. ¿Y por qué?

—Cree que soy… —Hace una pausa en busca del término apropiado—. No me sale la palabra. Es que hago lo que quiero y no soy como las otras.

—¿Poco convencional?

—¡Eso, eso, eso! Cree que soy poco convencional. Cree que pasé mucho tiempo en Nueva York, con novios, y no me caso. Dice que las mujeres japonesas deben casarse y tener hijos. ¡Pero si ya tengo cuarenta y seis años! Nada de niños.

A pesar de que sé que Sayumi no aparenta la edad que tiene, me sigue sorprendiendo que me diga que tiene cuarenta y seis, porque no le echo más de treinta.

—¿Cuántos tiene Tadami?

—Solo treinta y tres.

Si me pusiera a hacer los cálculos, Landon debe ser de la edad de él, por lo que yo seré unos seis años mayor. Aunque también podría ser más joven, a juzgar por su aspecto físico. No se lo pregunto porque eso podría provocar que me lo preguntara él a mí. Por suerte, parezco tener cinco años menos como mínimo, nadie me lo notaría. Aun así, me imagino que a ella sí que le afecta ser mucho mayor que un hombre apuesto como Tadami.

—Si ya no puedes tener hijos, ¿para qué quiere que te cases con su hijo igualmente?

—Exacto. No hay quién la entienda.

—No es asunto de nadie si no estás casada o no quieres casarte.

—¡Eso! ¿Qué más le da? Como tú con Gabriel, ya lleváis mucho tiempo, ¿no?

—Sí, nueve años.

—Mucho tiempo y no os casáis. Tenéis vuestros motivos. Y yo también.

—Claro. En nuestro caso, Gabriel no cree en el matrimonio y yo lo respeto. Nunca le he preguntado por qué porque no le veo sentido a discutirlo. No quiero tener que convencerlo. Quiero que la persona con la que me case crea en ello por su cuenta.

—Sí, yo tampoco creo. A la madre de Tadami no le gusta.

—Pues si tú no quieres casarte y a Tadami le parece bien, ella no puede hacer nada al respecto.

—Nada. A Tadami le parece bien. Ahora es normal. Mucha gente no se casa.

—Conozco a parejas que llevan muchos años juntos y no se llegan a casar. Gabriel y yo estuvimos tres años juntos antes de que legalizaran el matrimonio homosexual siquiera y nos fue bien. Luego lo permitieron y nos quedamos como estábamos.

—Gabriel es ciudadano estadounidense, ¿sí?

—Sí, él sí.

—Podría ayudarte con el visado.

—Pues sí. Pero no cree en el matrimonio, ya sea por amor o por conveniencia. —Me encojo de hombros—. Es lo que hay.

—Es muy difícil arreglar lo del visado. Lo sé bien. —Eso es quedarse corto, dicho de parte de alguien a quien le prohibieron entrar en el país y todo.

—Lo peor es la incertidumbre. Llevo casi doce años en Nueva York.

—Doce años es mucho tiempo.

—Antes tenía la idea de que todas mis posesiones tenían que caber en dos maletas. ¡Todo! Podía hacer las maletas e irme sin más si se acababa lo que se daba. Ahora tengo más cosas, pero me sigo sintiendo temporal, eso no ha cambiado.

—Sé cómo te sientes. Cuando vivía en Nueva York, intenté quedarme mucho tiempo porque tenía mi vida. Pero puedes construir otra —me dice con muchísima empatía—. ¿Has pensado en irte a otro país? ¿Quieres vivir aquí?

Por un momento, creo que se ha enterado de lo de Landon y se refiere a él, solo que es imposible, porque no se lo he contado a nadie. Aun así, me hace pensar en él y las ideas se me van con total libertad. A lo mejor no tiene por qué ser en Nueva York, podría ser en cualquier otro lugar. Podría ser aquí mismo. ¿Encontraré esa permanencia? ¿La permanencia existe de verdad? Me vienen a la cabeza todos los clichés sobre el cambio. *Nada permanece igual para siempre. Lo único constante es el cambio.* Dan un poco de vergüenza ajena, pero son ciertos. Tal vez lo abstracto sea la permanencia, tal vez no exista. ¿Cómo me lo dijo él? *La sensación de estar arraigado en un lugar.* No es permanencia exactamente, sino solo una sensación que se le parece.

—No sé, Sayumi. Me gusta el país; ahora mismo, al menos. Pero no sé cuánto tiempo me va a seguir gustando.

Tras cruzar un par de puentes, hemos acabado saliendo de Tennozu y hemos vuelto a la isla principal. Llegamos a un distrito muy corporativo, con edificios de oficinas modernos y altos y bloques de pisos, muy distinto a Shimokitazawa. Andamos hasta una plaza al final de la avenida, en la base de un centro comercial gigante.

—Esta es la estación —me indica.

Subimos por las escaleras mecánicas hasta una terraza en la que veo una entrada cavernosa al centro comercial y, en él, la estación de Shinagawa. Es bastante grande y, a pesar de que pasan de las diez de la noche, sigue ajetreada. Por suerte, ya hace rato que no es hora punta, porque si no habría sido una locura. Sayumi me señala la tienda que hay en el lado izquierdo de la entrada. El dichoso Dean & Deluca.

—¡Ahí estaba! —digo y nos echamos a reír. Se me hace raro verlo ahí.

Nos despedimos y hacemos planes para cenar mañana.

—Buena suerte con lo de tu visado —me dice.

Y sé que va en serio. Al ser de su parte, sé que no son palabras vacías.

CAPÍTULO OCHO

Me despierto justo antes del amanecer y veo la luz pasar por el techo y las paredes de Piso con Vistas. No hay mucho color, a diferencia de aquella habitación de hotel de Nueva York en la que se quedó Landon. Aquella mañana, tras pasar nuestra única noche juntos, me di cuenta de que estábamos en una habitación de esquina y, si miraba por la ventana, iba a ver la Primera Avenida y la calle 9 al mismo tiempo, de que los colores rojos, ámbar y verdes de los semáforos; los taxis que pasaban a toda prisa por la avenida; la floristería bien iluminada al otro lado de la calle que abría las veinticuatro horas del día, y las enormes bombillas amarillas que deletreaban «Bean» en la cafetería de abajo eran lo que se mezclaba con calidez en las paredes. ¿O acaso era el resplandor de la satisfacción?

Días después de nuestro encuentro en Nueva York, todavía notaba su presencia por mucho que se hubiera subido a aquel taxi en dirección a Newark. El más ligero movimiento o roce en alguna parte del cuerpo me recordaba cómo me había tocado, besado o lamido ahí. Habíamos entrado en su hotel y me sorprendí al ver una puerta discreta cerca de una cafetería que siempre había visto y en la que nunca había entrado. El edificio era como cualquier otro del East Village, y pasó una tarjetita de plástico por un dispositivo un par de veces hasta que la puerta se abrió con un pitido. Lo seguí por las escaleras hasta la segunda planta y luego por el largo y angosto pasillo de ladrillo. Su habitación era la cuarta y última puerta, que abrió con otra tarjeta. Y ni siquiera había terminado de cerrar cuando me empezó a besar. Se entretuvo explorando con la lengua, primero con sinceridad y luego con ansias, conteniéndose, coqueteando, descubriendo cada hueco y protuberancia con los labios: la parte de atrás de las orejas, el lado del cuello, una axila, un pezón. Noté que le daba mucho placer explorarme, con esa predilección oral tan particular que explicaba su lengua de gato. Sin que yo me diera cuenta, ya me había soltado la coleta mientras nos besábamos y los mechones se nos metían por medio, algo que en circunstancias normales me habría molestado. Landon, sin aliento, se limitaba a mirarme fijamente.

—Me pareces casi perfecto —dijo en voz baja.

Por mucho que tuviera los ojos llenos de deseo, también, como en aquel momento, podían ser muy inocentes, embargados por una fascinación que casi me rompió el corazón.

Me quitó la ropa: primero el jersey y la camisa, seguidos de los pantalones y la ropa interior, muy poco a poco.

—Eres totalmente mi tipo —me dijo, pasándome las manos por todo el cuerpo. Se quitó el jersey y, antes de sacarse la camiseta, añadió—: Te hablé de mi psoriasis, ¿verdad? —Se refería a una conversación previa que habíamos tenido en la que nos hablamos de nuestros problemas de salud.

—Sí.

Se había dejado la crema en Tokio y le había salido un brote durante el viaje. Se quitó la camiseta y alzó la cabeza en exaltación por su desnudez. Y bien merecida. A pesar de las manchitas rojas, tenía un físico espectacular, esbelto y como esculpido, con la suficiente musculatura como para esconder cualquier rastro del chico escuálido que había sido en otros tiempos. Se quitó los vaqueros negros y ajustados que llevaba y en los bóxers le vi una mancha húmeda.

—Nunca he conocido a nadie que suelte tanto líquido preseminal como yo —dijo.

Hace tan solo tres noches, en Piso con Vistas, Landon fue presa de la misma pasión desenfrenada, húmeda, y yo apenas podía seguirle el ritmo a su intensidad. No sé cómo podría volver a hacerlo si llegamos a eso otra vez, pero sigo teniendo ganas de verlo. Más que por el sexo, quiero pasar el rato con él, un lujo que no pudimos disfrutar en Nueva York. Estuvo allí solo dos semanas y, por irónico que fuera, solo estuve con él una noche. En parte quiero compensar mi falta de decisión, el tiempo perdido y los muchos pensamientos que me rondan por la cabeza. Quiero pasar cada minuto que tengo en Tokio con él. Cualquier rato que estemos juntos me sabe a poco.

Sin embargo, desde que me dijo que ya quedaríamos hoy, no hemos hecho ningún plan. De hecho, no he vuelto a saber de él. Me da miedo que haya cambiado algo desde que le pedí volver a vernos la otra noche, como si ahora me gustara más que yo a él. Es como si me hubiera traicionado a mí mismo. He mostrado mis cartas y él tiene la ventaja. Por mucho que odie tener que mandarle otro mensaje, ya es casi mediodía, y, si me va a dejar plantado, me gustaría salir a hacer otra cosa, algo que aún no sé, porque no he planeado nada más que pasar el rato con él. Me invade más la ansiedad con cada tictac del reloj y acabo perdiendo el control y mandándole un mensaje. Casi al instante, como en un acto de penitencia, me llama.

—*Hala* —me dice—. *Me acabo de despertar.* —Sea la verdad o no, me lo creo. Pasaremos el día juntos como me dijo—. *Tengo*

91

la nevera llena —continúa—. *Ternera, salmón, gambas, verduras... Aunque sí que tengo que darme una ducha helada, así que dejaré la puerta abierta.* —Lo perdono al instante.

De repente todo va bien. Me dirijo a su piso y, aunque no hace tanto sol, todo está igual de cálido que ayer. Decido pasarme por el supermercado a por unas botellas de los zumos recién exprimidos que le gustan y más huevos. Tardo más que ayer en saber por dónde voy, pero acabo volviendo a los callejones tranquilos y angostos, con sus configuraciones al azar, y me vuelve a parecer un escondite secreto. ¿Quién se habría imaginado que iba a terminar aquí? La noche que fui a Kyodo por accidente, mirando por las ventanas del tren hacia la infinita extensión de luces de la ciudad, resulta que estaba mirando esta parte del vecindario. Que iba a estar tan inmerso en ella era lo último en lo que pensaba entonces, aunque ahora me doy cuenta de que me moría de ganas. Tal vez de forma inconsciente me he ido llevando hasta aquí. Recuerdo con claridad el miedo de aquella noche y ahora, por gracioso que suene, disfruto de la sensación de haberme perdido mientras busco el piso de Landon. Me regocijo en la alegría de buscarlo, en la gran posibilidad de acabar perdiéndome. Doy giros rápidos y abruptos, sufro destellos de ansiedad temporal. Me aseguro de grabarme la sensación en la memoria, porque cuando ya me sepa la dirección no volveré a experimentarla. Acabo llegando al gran cerezo en flor y sé que estoy en el lugar correcto. Tras una última esquina, veo la puerta baja.

Al ir solo, tengo tiempo de captar los detalles, algo que, por lo que sea, considero importante. Es una casa gris con balcón y me fascina que no parezca vivir nadie más aquí, aunque haya indicios de que sí. En la pequeña terraza que hay delante, justo detrás de una valla baja con forma de acordeón, veo macetas en flor, bicicletas con cestas en el manillar y lo que parece ser una moto bajo una lona plateada. Es el hogar de alguien y, como la mayoría, una sección de la parte de atrás del edificio se ha convertido en pisos. Abro la puerta metálica y no suelta ni un chirrido. Paso por un lado del angosto pasadizo hasta que llego a las escaleras de la parte de atrás. Subo y, cuando abro la puerta, oigo la ducha. Sonrío para mí mismo; me alegro de haber venido. Me quito los zapatos y cuelgo la chaqueta en el respaldo de la silla plegable. Tras guardar los huevos y los zumos en la nevera, miro en derredor, contento por disponer de un momento para asimilar el espacio en el que vive. No tarda en salir de la ducha, secándose con una toalla azul enorme, animado y entusiasmado.

—Gracias por venir —me dice.

—No digas tonterías —me río—. Si se suponía que el viaje era para estar contigo.

Hace caso omiso de la pullita, y menos mal, porque no parece tener sentido que lo discutamos ahora ni tampoco montar una pataleta por el tema. Vamos a pasar un rato juntos y eso es lo que quería, ¿no? Se seca delante de mí, alardeando de su desnudez, y se quita gotitas de agua del pecho. Se agacha para secarse las piernas y va subiendo poco a poco hasta los muslos, luego hasta la cara interna y hacia el más privado de los lugares.

—Cuéntame que has estado haciendo —me pide mientras se pone unos pantalones cortos deportivos y una sudadera—. Fuiste a Meguro.

Entonces me da un ajo entero y me acerca el cuchillo y la tabla de cortar.

—A Meguro, sí. Y luego a Ueno. Hay un templo maravilloso. —Puntúo mis frases con golpes del cuchillo para aplastar los trozos de ajo con el lateral—. Quería verlo de cerca, pero no pude acercarme. Había muchísima gente.

—¿Cómo era?

—Octagonal, con un tejado verde —digo por encima del ruido de la cáscara de ajo, delgada y seca.

—Ah, el Bentendo. Está en una isla en el estanque de lotos, ¿verdad?

Saca la mayor parte de lo que tenía en la nevera y sí, es todo lo que me ha mencionado antes.

—No sé, no vi ningún estanque.

—Tiene que ser el Bentendo. Ya te digo que está en un estanque de lotos.

—Tendré que fiarme. Seguro que no lo vi por la muralla de barbacoas que me rodeaba.

—Sí que puede ser bastante intenso.

¿Es por eso que no vino conmigo a la isla Tennozu? No saco el tema. No puedo sacar ninguno. Aparto los pensamientos que me dan vueltas por la cabeza y los pico como hago con el ajo. Él lo cocina todo y hay muchísima comida. Una vez más, comemos del mismo plato y busco la misma emoción de la otra vez. Por lo que sea, ha perdido parte del encanto, pero sospecho que seguiré queriendo repetirlo en busca de lo que sentí la primera vez, por mucho que disminuya con cada intento.

Cuando terminamos, se me planta delante y se agacha para besarme con tanta pasión como siempre. Aunque le devuelvo el beso, me invade una sensación de miedo. Justo cuando creía que se me daba mejor vivir el momento, se me presenta otro problema: las ansias frenéticas con las que me besa me ponen nervioso. Y me confunde porque lo acabo de ver desnudo y he notado algo en mi interior. Lo que siento ahora es una variedad de emociones en conflicto y preferiría quitarme eso de encima, más que la ropa. Me lleva a la cama, se desnuda y, casi sin que yo me dé cuenta, me va desnudando a mí también.

94

Toma las riendas y exhala en unas respiraciones entrecortadas, como siempre que se lo pasa bien en la cama. Su intensidad es sobrecogedora y abrumadora. Es muy sexual, quizá demasiado, y no hay ni un espacio diminuto para la ternura. A pesar de que él me gusta mucho, hoy lo hago todo de forma automática. Se da cuenta de que no estoy muy puesto en el tema y decide volverlo todo más intenso aún. Sus ansias por complacerme duplican la presión que siento. Afirma ser, según sus propias palabras, «activo, casi siempre». Y, aunque yo no me muera de ganas de ser pasivo, es lo ideal para mí a estas alturas, porque eso de que me mueva donde él quiere tiene algo que me gusta, su dominancia y su control son embriagadores. El único problema es que quiere hacer que me corra porque es así como quiere correrse él, y persistimos hasta alcanzar el clímax que buscamos. Cuando terminamos, me invade una extraña satisfacción por que me haya tratado como a un trapo.

Me siento fatal por lo malo que he sido en la cama, algo que seguro que ha notado, aunque no dice nada. Me doy una ducha rápida y me presta su toalla azul enorme. Sigue húmeda. No hay nada como una toalla usada como para hacerme sentir más como una mierda. Hay algo que ha cambiado de forma perceptible esta vez, la tercera que nos acostamos. Las emociones que experimento parecen reprimir mi deseo sexual y, por evidente que sea, ni él ni yo lo mencionamos.

Sin embargo, vuelve a aflorar esa conciencia instintiva que tiene respecto a mí, esa que le dice que me he quedado rezagado en la calle. Bien me lo podría estar imaginando, pero él lo sabe. Se me acerca, me encuentra medio tiritando mientras me seco, me levanta la barbilla y me llama con ternura. Me da un beso suavísimo en los labios. Nos tumbamos en la cama y me abraza por detrás, con lo que recibo el mimo y la intimidad que necesitaba.

—¿Duermes así? —le pregunto. Estamos tumbados hacia la *shoji*, con la cabeza hacia la cocina. A los pies, contra la cama, está la pared y una gruesa cortina azul que esconde una ventana.

—¿Prefieres para el otro lado?

—Si tuvieras cabecero, lo pondría contra la pared. Pero seguro que tienes un buen motivo.

—Puede que sea como reacción a como me crie.

Sonrío porque quiero conocerlo mejor, quiero saberlo todo sobre él, juntos en esta crisálida tan tranquila en la que nunca tenemos que encender las luces. Me vuelvo para mirarlo y bajo esta luz, la que entra por la ventana de la cocina y la *shoji* traslúcida, la cicatriz que tiene en el párpado está más nítida que nunca. Es vertical, de poco más de un centímetro, en la parte alta del ojo, visible incluso cuando lo abre.

—¿Qué te pasó?

—Un accidente de bici en Inglaterra, en una carretera ajetreada. Tomé una curva deprisa y un camión me pasó por al lado, me dio con la parte trasera y me caí a una zanja que había al lado de la carretera. Me di en este costado de la cabeza, por eso no oigo bien por ahí. Me hice un corte aquí —dice, tocándose la oreja por detrás— y en este párpado. Tuve suerte de que no me atrapara la rueda, si no imagínate.

—No, no puedo —digo estremeciéndome—. ¿Cuándo fue?

—Pues me pasó cuando todavía vivía en Londres. Tuve que quedarme en casa de mis padres una época.

—¿En Solihull?

—Sí, en Soli.

—¿Y cómo están? Me dijiste que tenían la casa hecha un desastre.

—¡Sí! Ya te conté que volví por Navidad, y lo tienen todo lleno de gatos. Y de trastos.

—Supongo que es algo natural cuando uno envejece. Mis padres son casi acaparadores.

—Ha sido así desde que tengo uso de razón. Tengo cinco hermanos y por eso soy tan sensible al olor a heces.

Si bien no lo entiendo del todo, me hace tanta gracia que me río en voz alta.

—Pero nada de eso explica esta posición.

—Pues no —dice, acariciándome el pelo—. A lo mejor no tiene razón. Es como la gente que se pone el reloj en la derecha. El accidente, sus padres, los cinco hermanos en Solihull. Me encanta. Me encanta que me hable de su vida, empezar a conocerlo. Es lo más íntimo que me he sentido con él hasta la fecha. ¿Cuánto más puedo indagar? ¿Podemos llegar a ponernos más íntimos? Porque quiero más. Nos pasamos el resto de la tarde charlando. En un momento dado, le pregunto por un aparato digital para medir la tensión que le he visto por ahí.

—Lo compré por impulso —dice con timidez—. Un día me entró la neura de que tenía la tensión baja. Creo que estaba aburrido.

—Ah, es que eres hipocondríaco como yo.

—¿Quieres que te tome la tensión? Tenemos que asegurarnos de que estés sano.

—No, gracias —digo riéndome—. ¿Y eso para qué es?

—Señalo un disco duro externo que tiene enchufado al portátil y que lleva un buen rato parpadeando con fervor como si fuera a estallar de un momento a otro. Lo vi colocarlo el otro día y tengo curiosidad.

—Hice unos archivos gráficos muy grandes —me explica—, los estoy subiendo a la nube y tardan un montón.

Me muestra el fondo de pantalla que tiene en el móvil y varios carteles que ha hecho para fiestas y eventos varios. Y luego,

97

cómo no, está el tema de la fotografía del que me enteré el otro día. Creo que debería enorgullecerse más. No habría sabido que hace unas obras tan bonitas si no me hubiera puesto en plan fisgón. Está claro que es más que un profesor de inglés y me interesaría mucho enterarme si decidiera abrirse a mí.

Se organiza el calendario y el horario de sus clases para el resto del mes mientras le recojo el piso. Lavo los platos y le doblo la ropa. Y me pongo a soñar con una vida así con él. ¿Funcionaría? ¿Sobreviviría? ¿Esta vida podría ser para mí? ¿Cuántas vidas se nos permite vivir? He recibido un vistazo a un mundo distinto y me siento muy agradecido.

—Al final no llegaste a contarme lo de tu gran mudanza.

En diciembre, unos pocos días antes de que se marchara al Reino Unido, me mandó una foto de su habitación en el piso que compartía con otros tres amigos en Tokio. El colchón de lado, apoyado contra una pared; un puñado de cajas apiladas y una lámpara ocupaban el centro de la sala, acompañadas de un par de bolsas de basura. Lo que había empezado como una fricción continua con una compañera de piso había acabado desencadenando una crisis con todas las de la ley.

—Los últimos seis meses fueron una locura. Nos trataba muy mal, a mis amigos y a mí, y se ponía a discutir cada vez que los llevaba a casa. Al final incluso me prohibió que tuviera invitados. «Tienes que dejar de traer chicos a casa», fue lo que me dijo. —Me dedica una mirada cómplice y entendí a qué se refería con «chicos»—. Ella dejaba que otros se quedaran en las habitaciones de los demás y mentía sobre ello. Hacia el final me acusó de ponerme violento con ella, ahí fue cuando empecé a plantearme dejar el piso. El alquiler no terminaba hasta febrero, pero, como era el primer titular, hablé con el propietario y dejó que me fuera. Tuve mucha suerte en ese aspecto. El problema era que tenía que encontrar algún sitio deprisa. Por suerte, di con este y dejé 270 000 yenes de paga y señal cinco días antes de que tuviera que subirme al avión. Así que básicamente dejé todas mis cosas por aquí tiradas y me fui a Inglaterra en Navidad. —Suelta un largo suspiro.

—¿Sigues hablando con ella?

—Qué va, hasta ahí llegó nuestra amistad. No sé qué le pasaba.

—Que estaba enamorada de ti.

—No sé yo si era para tanto.

—Que sí. Sabía que habías estado con una chica y tenía esperanzas. Estaba celosa. Todos tenemos nuestra forma de buscar atención, y algunas formas son más psicóticas que otras.

Quiero decirle algo. Hay algo que quiero contarle. Esa es mi psicosis. Tengo unas ansias enormes de decir lo que llevo en el corazón, solo que todavía no he reunido las palabras necesarias. Menos mal, porque no quiero arriesgarme a perder lo que tenemos ahora mismo. Esta cosita, este rinconcito, esta crisálida secreta y preciosa se perdería en un abrir y cerrar de ojos. Así que me aferro a ello un poco más, que al fin y al cabo solo voy a estar aquí unos días. Quiero ser el que mejor lo conoce, por lo que me quedo con este detalle que me ha contado y lo atesoro.

—Oye, pásame las fotos que te saqué —le recuerdo.

Las pasa de la cámara al portátil y les echamos un vistazo. Se ríe de sí mismo, por mucho que haya salido favorecido en casi todas. Y, si alguna ha quedado peor, es culpa de la incompetencia del fotógrafo.

—Esta es la que más me gusta —digo. Está mirando al objetivo con el más ínfimo atisbo de sonrisa en los labios. La luz entra por la ventana, porque la había abierto para ver el jardín, pero la luz es lo de menos: son las sombras las que

99

cuentan la historia. Las que tiene detrás, acechando en los rincones de la sala, sugieren que la lluvia se ha dado por vencida, al menos por el momento, y ha dejado paso a una tarde nublada. Las sombras sutiles que le cubren la camisa blanca revelan que habíamos estado retozando en la cama. Sin embargo, la que le cubre el lado izquierdo de la cara y disminuye en parte el color azul del ojo de ese lado intenta desentramar un misterio sobre él, uno del que la belleza suele distraer a los demás. Es muy fácil caer en esa distracción, como me pasa siempre—. Eres muy guapo.

—Ah, más quisiera —dice con un resoplido.

Ya he notado esa reticencia que tiene a aceptar un cumplido y sí que existe. Seguro que sabe lo apuesto que es, al menos en parte, ¿no? Me contó que se presentó a algún que otro casting y que lo contrataron para un par de trabajos de modelo, algo a lo que no habría acudido si no creyera que era al menos un poco atractivo. ¿Será eso lo que transmite la sombra? Que, detrás de esa modestia indebida se esconde algo más complejo que la humildad. ¿Problemas de autoestima? ¿Inseguridades? ¿Soledad? ¿Qué será? Hace unas horas, me moría de ganas de volver a verlo, de pasar un solo minuto con él. Ahora lo que quiero es desentrañar ese lado sombrío que tiene.

—Esta noche tengo que dar una clase —me dice.

—Claro.

—Pero mañana tengo el día libre. No siempre te toca librar del trabajo en tu cumpleaños.

—¿Mañana es tu cumple?

—Sí —dice como si nada.

—¡Deberíamos celebrarlo!

—No, solo es un cumpleaños. No suelo celebrarlo.

—Bueno, pero al menos salgamos a cenar. Deja que te invite.

—Me pasaré el día entero en casa. Leyendo más que nada.

—¿Ni una copita de nada? Venga, que nos lo pasaremos bien.

—Joder, eres una lapa.

Me choca que se niegue tanto. Como no tengo cómo convencerlo, lo dejo estar. Pero ¿por qué ha mencionado que es su cumpleaños si no quería llamar la atención sobre el tema? Ahí está la contradicción, como hacer de modelo sin ser consciente de lo guapo que es.

Ya son casi las seis y caminamos juntos por Kamakura-dori. Aunque tengo ganas de acompañarlo a la estación de Shimokitazawa, nos despedimos en la esquina de mi calle, por miedo a que vaya a alejarlo más de mí. Aun así, sí que me permito el capricho de mirarlo mientras se va. Lo hace al mismo paso al que estábamos andando y me tranquiliza, en especial después de su exabrupto. Supongo que le estoy dando demasiada importancia a cosas que no la tienen. Debería conformarme con el tiempo que paso con él y con lo que he aprendido de su vida. Debería sentirme agradecido por haber tenido este día. Ya hemos tenido mucho más tiempo que en Nueva York y cualquier ápice de arrepentimiento que pudiera haber tenido ya está rectificado. No obstante, hay una parte de mí que me impulsa a tirarme de cabeza y no contenerme. Debería haberlo acompañado a la estación. Debería pasar el día con él mañana. Debería ceder ante las ansias y dejar que la fuerza que lo controla todo tome las riendas. No tengo cómo huir de esto; tengo que ver cómo acaba todo, sea cual fuere el resultado, pase lo que pase.

101

CAPÍTULO NUEVE

Un día, Sayumi me preguntó cuál era mi plato japonés favorito y le contesté con unos cuantos.

—Me gusta el *oyakodon*. —Que es pollo y huevo encima de una base de arroz—. O *katsudon*. —Que es lo mismo pero con cerdo rebozado en vez de pollo—. Aunque lo que más me suelo pedir es *tonkatsu*. —Que es el *katsudon*, solo que sin huevo.

—¿Eso es lo que te gusta? —me preguntó con cierta burla que me hizo reír. Resulta que lo que más me gusta son platos normaluchos, del día a día, y es como que alguien diga que su comida favorita son los espaguetis, las hamburguesas o el pollo frito.

—Me encanta el *tonkatsu* —le digo.

Ya hace muchos años que me encantan esos trozos de cerdo rebozados y cortados a tiras. Lo probé por primera vez en Manila, hace mucho tiempo, y me imaginé cómo sería en Japón. Cuando lo pido en Nueva York está bastante bien, pero sé que puede estar mejor.

Esta noche, no solo me va a llevar a un restaurante cuya especialidad es ese plato, sino que también lleva más de setenta y cinco años abierto. Tras una breve siesta, voy a donde hemos quedado, la estación de Meguro (y no Naka-Meguro). El restaurante está a un tiro de piedra de la estación, en la planta baja de un edificio de tres pisos sin más, sin un cartel en inglés a la vista siquiera. Nada más entrar ya se nota que es un espacio abierto enorme, con decoración minimalista, o tal vez utilitaria. Lo que ocupa gran parte del lugar es una cocina abierta amplia y de forma cuadrada dispuesta contra la pared, con sus tres costados rodeados por una barra en la que cenan los clientes. El local está abarrotado y hay una cola larguísima. Un joven en la cocina nos encuentra la mirada y hace el símbolo de la paz con la mano. Sayumi asiente, y caigo en la cuenta de que nos estaba preguntando si éramos dos y no era porque ese sea el gesto favorito de los japoneses y lo usen para todo. Nos sumamos a la gente que hace tiempo junto a la puerta. Veo a algunos sentados en sillas en fila contra la pared opuesta a la barra y resulta ser la zona de espera.

Tras unos minutos, el joven nos indica un par de asientos contra la pared que se acaban de vaciar. Si bien no hay una cola propiamente dicha, cada vez que se libera un asiento en la barra selecciona de entre los clientes sentados para que alguien lo ocupe. No tengo ni idea de cómo se acuerda del orden en el que hemos entrado; o tiene muy buena memoria o se vale de un orden aleatorio para crear la ilusión de que no llevas media hora esperando. Aunque tampoco hay cómo aburrirse, porque la acción que se desarrolla detrás de la barra es su propio espectáculo, una operación ágil y solemne que llevan a cabo un puñado de personas vestidas con el blanco inmaculado de un chef.

Con palillos normales y corrientes, la única mujer del equipo de cocina coloca unas bolas de col con delicadeza en cada plato. En un lado de la cocina hay unos recipientes de aceite enormes en los que fríen el cerdo; otro joven se encarga de ello y mueve los trozos de carne, más o menos del tamaño de una pechuga de pollo, con unos palillos gigantes, un poco más gruesos que las baquetas de una batería. Deja que los trozos ya fritos reposen en un estante en el que se enfrían y donde el

103

hombre de más edad del grupo se los lleva para cortarlos. Está encorvado sobre la encimera, primero los corta a lo largo por el centro y luego en la otra dirección hasta hacer cachitos de un par de centímetros de grosor. Hay un momento en el que se queda sin nada que cortar y, en vez de enderezarse, me parece que la pose encorvada es permanente. No quiero pensar que lleva setenta y cinco años haciendo lo mismo. Se van unos pocos clientes de la barra y el joven que decide quién come mira por la sala. Noto la tensión que aumenta conforme los comensales hambrientos contenemos la respiración. Nos mira a nosotros y señala con energía, como si nos hubiera escogido ganadores de un concurso de perros. Sayumi y yo soltamos un «¡Sí!» al unísono y nos reímos en lo que vamos a ocupar los dos asientos vacíos. Nos sentamos por fin y un trabajador veterano nos saluda. Nos dice algo en japonés y ella asiente y me cuenta que no hay menú. Y no lo hay porque solo tienen dos platos de entre los que escoger: más grueso o menos grueso. Ojalá la vida fuera así de fácil. Escojo la opción gruesa porque esta oportunidad no llega todos los días. Unos pocos minutos después, el mismo hombre nos sirve la comida. El cerdo viene con sopa miso, las bolas de col, un cuenco de arroz y un platillo de pepinillos. Sayumi me habla de los condimentos que tenemos delante, por si necesito echarme algo.

—Itadakimasu! —nos decimos.

Empiezo por la sopa y es sublime. No solo viene con unas relucientes perlitas de grasa que flotan en lo alto, sino que tiene muchos trozos de cerdo en lugar de tofu. Nunca había probado sopa miso de carne. En estos tiempos en los que el pesto se hace con col rizada en lugar de con la inocente pero marginada albahaca, recibo de buena gana un buen bol de sopa miso. Luego pruebo la col y me encanta.

—Es increíble. ¿Qué aliño es este? —le pregunto a Sayumi.

—¡Si no le has puesto nada!

Nos echamos a reír al descubrir que me gusta la col a palo seco.

En cuanto al cerdo en sí, la salsa oscura que, desde mi experiencia occidentalizada, suele ponerse en gran cantidad por encima, en esta ocasión está debajo, de forma estratégica y mínima. De ese modo, la belleza dorada y compacta del rebozado crujiente se puede anunciar y admirar, con la carne tierna y húmeda que se asoma entre cada corte. El anciano se sabe la técnica al dedillo. Todo está tan rico como parece por el aspecto que tiene y me entristece dar el último bocado. ¿Cómo se ha acabado tan deprisa? No quiero ponerme dramático con la comida, pero ¿cómo puede ser que algo tan bueno se acabe tan rápido? ¿Y cuándo podré volver a comer esto? Nos vamos del restaurante y, conforme nos alejamos, me doy media vuelta para un último vistazo.

Paseamos hasta una cafetería en Meguro-dori. Sabe que soy tiquismiquis con las cafeterías por mi trabajo, aunque siempre le digo que no se preocupe, que me encanta probar los sitios a los que va. Me gusta ver el mundo de los demás, siempre que no sea en una franquicia. En este caso no lo es, y parece que lleva abierta desde 1952. Subimos varios peldaños desde la calle, entramos y lo primero que veo es la pared de un lado, con tres carteles enormes de Audrey Hepburn. Uno es un póster original de *Vacaciones en Roma* y otro, en el extremo opuesto, el de *Desayuno con diamantes*. Entre los dos hay una foto en blanco y negro agrandada de Audrey con las manos con guantes apoyadas bajo la barbilla. Creo que ya me encanta el local.

Como es tarde, la cafetería está vacía y seguramente sea lo mejor, porque noto unos rescoldos de olor a tabaco, así que debe de ser una cafetería para fumadores, algo que encaja con

105

sus muebles de madera oscura originales. Está casi todo dividido en reservados, todos de la misma madera oscura, y los muebles están un poco maltrechos y llenos de arañazos. La cafetería en sí es como un reflejo de esa época y me la imagino recién abierta en 1952, solo que con las paredes vacías, porque en aquel entonces Audrey Hepburn seguía filmando *Vacaciones en Roma* en Italia. Pasamos de los reservados y nos vamos hacia una mesa redonda en la parte delantera. El escaparate de cristal hace zigzags y crea huecos con vistas a la ajetreada avenida. Pedimos un café *mélange*, que es básicamente café solo con un buen chorro de nata para montar. Atiborrados por el *tonkatsu*, decidimos no pedir la famosa tarta de fresa.

—¿Cómo está Tadami? Lástima que no haya podido venir.

—Está... Ha ido a ver a su madre.

—Ah.

—Sí. Me odia —dice con una risita—. Pero Tadami es un poco como su madre.

—¿A qué te refieres?

—Viene de una familia con mucho dinero. Una familia tradicional. Fue a una escuela muy buena. Muy cara.

—Ah, claro. Pero no hay muchas personas que puedan decir que han estudiado en el FIT como tú —digo en su defensa.

—No, pero es la sociedad japonesa. Muy tradicional. Muchos han ido a esa escuela. A veces tienen la misma actitud. A veces no son buenas personas. Hay una esposa concreta para ellos.

Y sí que es cierto que Sayumi no es para nada la esposa japonesa tradicional, si es que algún día se casa. Es muy independiente. Dejó su país para ir a Nueva York, vivió sola y dependió solo de ella misma. Estuvo con hombres que no tenían ni idea de cómo son las relaciones japonesas tradicionales y le encantó. Y fue proactiva al dejarlos cuando veía que

106

se acercaba el final. Aun así, parece que tiende a acercarse a un tipo de hombre en concreto. Estaba el altivo Sam, por supuesto, el tipejo condescendiente que acabó poniéndole los cuernos. Después de volver a instalarse en Tokio, estuvo con el loco de Kojiro, quien, un buen día, recogió todos los cuchillos de cocina, se subió al Shinkansen rumbo a Osaka y nunca más se supo de él. Puede que haya habido un par más entre ellos de los que no sé nada. Y ahora está Tadami, cuya empatía (o falta de empatía) es lo que más ha heredado de su madre.

Me habla de cuando su hermana Tomoko empezó a estar mal de salud. Nunca me ha contado la historia entera porque en aquellos tiempos no hablábamos mucho. Me dice que Tomoko y ella habían vuelto a ser muy cercanas cuando ella volvió a Tokio después del lío con el visado. De hecho, recuerdo que una vez me mandó una postal de Navidad y era una foto de ellas dos que decía *¡Feliz Navidad y que pases un gran día!* Y estaba firmada con *Un abrazo de Sayumi y de mi hermana Tomoko.*

—Cuando le diagnosticaron el cáncer, me preocupé muchísimo. Hice todo lo que pude para ayudarla. La acompañé a quimioterapia, pero era muy cara. Miles y miles de dólares.

No tardaron en ver que Tomoko no iba a recuperarse. El médico le dijo que no había esperanzas, de modo que Sayumi hizo las maletas y condujo hasta Kamakura para acompañarla en su actividad favorita: pasear por la playa. Frágil pero sin duda feliz, Tomoko hizo lo que pudo por disfrutar del sol y de la arena húmeda. Hicieron lo mismo cada día hasta que estuvo demasiado débil para caminar y entonces falleció.

—Estaba muy triste —sigue Sayumi—. La echo de menos. Pero Tadami no se portó bien. Me dijo: «¡Cómprate un perro!». ¡Qué malo! Quiere que cambie a mi hermana por un perro.

—Está a punto de llorar.

107

Puede que sea preciso decir que Tadami no fue el novio más comprensivo del mundo en un periodo tan triste para ella. Y eso me dice mucho sobre él, pero también sobre ella, porque sí que le hacen tilín los hombres que tienen cierta maldad dentro. Si bien no tengo cómo saberlo seguro, es posible que ella sea consciente de ello y que busque esa cualidad a propósito. Supongo que cada cual tiende a estar con el tipo de persona que prefiere y eso me hace preguntarme si a mí también me gustan personas que acaban resultando tóxicas para mí. ¿Acaso Landon es otro eslabón en una cadena de cierto tipo de hombres?

Noto las ansias de hablarle de Landon y de compartir con ella esta experiencia que estoy viviendo en su ciudad, lo preciosa que es, además de confusa, y de la oportunidad de ser testigo de todo lo que tengo. Así al menos habría otra persona en el mundo con la que pueda hablar cuando rememore estos tiempos, dentro de treinta, cuarenta o hasta cincuenta primaveras. Solo que me contengo. Y no sé por qué. ¿Es porque si lo dijera se volvería real? ¿Porque dejaría de ser un mundo onírico? ¿O porque vería verdades que no quiero reconocer? ¿Acabaría dándome cuenta de que me muero por engullir cada miguita que me suelta Landon para alimentar una adicción a la añoranza? O, tal vez, aunque me dé más miedo aún, descubriré que me gusta todo esto, el sentirme desplazado, a la deriva. Me aterra descubrir algo sobre mí mismo, ver mis proclividades más sinceras, menos saludables. Aún no he examinado mi vida desde tan cerca y, en cualquier caso, me costaría mucho verlo desde aquí, rodeado de la belleza de Tokio. No es el momento. No quiero saber si este viaje es algo que no debería haber hecho, que lo de Landon y el estar aquí es, a pesar de la gran alegría que me da, tan solo parte de una serie de errores.

Si bien sufren de sus problemillas y de alguna que otra intrusión maternal, parece que Sayumi y Tadami están bien. Que a él no le moleste tener la urna de Tomoko en el salón es una señal prometedora, al menos por el momento. Están pensando en viajar a Londres para ir a ver a los amigos más cercanos de Tomoko. Al final de la velada, antes de que nos despidamos, le pido algunas recomendaciones.

—¿Dónde podría ir a comprar platos de los buenos? Quiero regalarle unos a un amigo.

Es lo más que me acerco a hablarle de Landon.

CAPÍTULO DIEZ

La última vez que estuve en la estación de Shinjuku tuve que abandonar los planes que tenía. En mi misión por encontrar la cafetería neozelandesa en Kagurazaka, tuve que hacer transbordo en la estación. Sin embargo, después de ir en dirección contraria y acabar en Kyodo, por fin llegué, aunque con cierto trauma. Shinjuku resultó dar más miedo que Kyodo; era tan grande que no me orientaba. Y lo peor era que había escogido un muy mal momento para estar allí: la hora punta. Y eso que la estación ya está bastante llena de por sí, porque no creo que se vacíe nunca. Después de la experiencia en Kyodo, estaba falto de confianza. Estaba tan confuso y derrotado que me di por vencido y volví al hotel, con los párpados pesados.

Esta vez quiero ir a Shinjuku Gyoen, un parque tan cerca de la estación que no podría ser más conveniente. Al parecer, está a cinco paradas de mi barrio y, según el mapa, solo se tarda nueve minutos. Aun así, me aseguro de que lo he buscado todo bien dos veces y cargo mi dispositivo wifi portátil por si acabo en el tren que va al monte Fuji otra vez. Otra cosa que debería mencionar es que no estoy buscando un transbordo de tren, sino una salida, y dicen por ahí que la estación tiene doscientas. Doscientas salidas, madre del amor hermoso. Eso no es una estación de tren, es un aeropuerto. Ninguna estación de metro de Nueva York se acerca siquiera a algo así, ninguna. A veces, en la Grand Central Terminal, acabo saliendo por

110

Lexington en vez de por la calle 42 y no pasa nada, solo hay que doblar una esquina. En Shinjuku, si sales por la salida 1 en vez de por la 199, que Dios te ayude.

Me pregunto si existe algún dios de los trenes porque, por algún milagro, logro encontrar la salida correcta. Desde ahí debería esperarme una caminata de diez minutos hasta la entrada del parque, y sí, en el minuto nueve, la calle aterradora y caótica se vuelve plana y alcanzo a ver la copa de los altos cerezos. Sí que estaba cerca de verdad. Hay un pequeño grupo de personas en la puerta, esperando a que abran a las 09 a. m., puntuales como un reloj suizo. Tras pagar una pequeña tarifa en la taquilla, entro con el grupo y con cierta ceremoniosidad, tal vez porque depende de cómo se mire estamos profanando el lugar. El grupo se dispersa a varias partes del parque y yo acabo en un gran prado de hierba rodeado de cerezos que parecen nubecitas rosas y esponjosas pinchadas en palos. Bloquean la vista al resto de la ciudad, salvo por una torre que sobresale y me recuerda al Empire State Building. No sé qué hacer. Mire donde mire, veo flores por todas partes. Vivo en un cuadro.

Hoy hace sol, sin ninguna nube en el horizonte, y no me hace falta abrigo. Para cuando llego al centro del parque, ya hay un gran grupo de personas con muy poca ropa deportiva en la pose del guerrero, con los brazos estirados al cielo como si intentaran atrapar a un bebé que cae de un edificio en llamas. Es espectacular de ver. Me dirijo hacia el bosque de cerezos y ya allí, bajo las copas en flor, quedo refugiado bajo lo que parece ser un enorme tapiz de flores color rosa suave, interrumpido por ramas y troncos negros e irregulares. Crea un efecto como de espejo roto. Veo a una madre y a su hijo pequeño girando sobre sí mismos, presas de la alegría, conforme les llueven pétalos, y la escena resume lo que siento yo. En

111

cuestión de un par de horas, ha venido mucha más gente y ya se desata la locura. Hora de marcharme. Es posible que esta sea la mejor forma de disfrutar de los cerezos en flor: a tu gusto.

Sayumi me ha recomendado un par de tiendas a las que ir a por platos, de modo que vuelvo en tren a Shibuya. Primero me sugirió una tienda llamada Loft y luego tal vez Tokyu Hands. Si bien ya he estado en ambas, Tokyu Hands se me quedó grabada en la memoria: tiene toda una colección de artículos, con todo lo que uno pueda necesitar, y es esa tremenda cantidad y extrañeza de objetos a la venta lo que la ha convertido en una atracción turística. Venden libros, discos, tuberías, aparatos para moldear sushi, calcetines antideslizantes, helado, ramen, pollo frito y un millón de cosas más. En la sección de mascotas, puedes comprarte una de verdad y otra electrónica. Es tan abrumadora en tantos sentidos que a veces puede resultar molesta y es posible que tengas que ir varias veces para verlo todo. No se me ocurre otro equivalente neoyorquino que el Museo Metropolitano de Arte.

Y me sale el tiro por la culata porque, busque por donde busque y a pesar de la amplia gama de productos, no encuentro nada que me parezca que le vaya a gustar a Landon. Ahí me doy cuenta de lo poco que lo conozco. De hecho, no lo conozco nada.

Opto por seguir la primera recomendación de Sayumi y voy al Loft. Este es más una tienda de muebles, como el Crate & Barrel que encontraría en Nueva York o tal vez el West Elm, según como lo vea cada uno. Ahí la tarea es más directa y encuentro platos color blanco crudo que encajarían con los que ya tiene. No compro más de cuatro porque en esa mesa de parvulario de su casa no cabrían más de cuatro comensales, así que qué más da. Compro también unos cubiertos a juego.

112

Ya en Piso con Vistas, decido que le regalaré la postal que compré en el Milk Hall por mucho que quiera quedármela. Le escribo una felicitación de cumpleaños en la parte de atrás y la meto en la bolsa. Me dijo que iba a pasarse el día en casa y que quería estar solo. Y lo respeto. De hecho, yo habría hecho lo mismo hace unos años, pero, cuantos más años tengo, más creo que eso de llegar al siguiente es digno de celebración. En cualquier caso, opto por preguntárselo otra vez, por si ha cambiado de parecer.

Oye, ¿seguro que no quieres salir un rato? Podemos ir a tomar algo más tarde.

Sí, estoy bien aquí de tranquis en la cama. No tengo muchas ganas de ver a nadie.

Vale. Te he comprado algo, te lo dejaré en el pie de las escaleras. Feliz cumpleaños.

Hala, gracias.

Me acerco a su piso y dejo la bolsa del Loft, amarilla y blanca, en las escaleras del edificio. Hasta cierto punto, me siento un tanto humillado por este esfuerzo de más, pero lo que más me afecta es no poder verlo. Es una lástima, porque ha sido una maravillosa coincidencia que haya venido a tiempo para su cumpleaños. Qué casualidad, ¿no? Creo que vale la pena brindar por ello. O, como mínimo, podría haberse asomado a saludar o a sonreírme siquiera. Habría estado bien que me reconociera el gesto al menos. Antes de irme, todavía aferrado a la esperanza de poder verlo aunque sea un segundo, me quedo mirando hacia su piso tanto como me lo permite el orgullo, pero no hay caso.

He quedado para comer con Sebastian y tal vez pase la tarde entera con él, si está libre. Tiene curiosidad por ver Kagurazaka, un fascinante distrito del que le he hablado. Se lo considera el barrio francés e italiano de Tokio, aunque él no está buscando cocina europea.

113

—Quiero comer tantos platos japoneses como pueda —me explicó—. No tenemos muchos restaurantes japoneses en Maguncia. —Es una de esas contradicciones suyas, el irse a un restaurante japonés encantado de la vida, sin tener ni un ápice de ganas de ir al país en sí.

En mi caso, estoy ansioso por volver a Kagurazaka, porque me tortura no haber encontrado la esquiva cafetería neozelandesa. Según mis investigaciones, he visto que esta cafetería tiene uno de los mejores cafés cortados. Encontrarla me estaba siendo más difícil de lo que me esperaba porque mi información estaba basada en una traducción raruna y, además, tenía el orgullo y la insistencia de encontrarla por mí mismo. Quién sabe, tal vez Sebastian y yo demos con ella por casualidad en lo que paseamos. Le dije por teléfono que fuera «hacia la salida A3 en Iidabashi» y me sentí mucho más confiado (incluso autoritario) al dar instrucciones.

—Nos vemos delante del Becker's.

—*Ja, ja* —contestó con sorna—. *¿Has escogido un bar alemán?*

—Ya, ya, no vamos ahí. Es que está en la intersección entre Mejiro y Sotobori, por si te lías.

—*Claro* —contestó.

Los alemanes, al menos los pocos que conozco, sea por la razón que fuere, parecen haberse acostumbrado a contestar con «claro» para todo, del mismo modo que algunos de mis amigos franceses tienen predilección por decir «etcétera, etcétera» por mucho que no conozca a ningún hablante nativo de inglés que use la palabra en su día a día. Subo al tren y llego allí sin problemas. Y, unos momentos más tarde, se produce otro milagro y nos encontramos delante del Becker's.

—¡Hola! —me saluda.

Sebastian está de muy buen humor hoy. Caminamos por una carretera ancha y giramos hacia una calle cuesta arriba llamada Kagurazaka-dori. Luego volvemos a las pintorescas calles angostas y Kagurazaka no resulta ser ninguna decepción. Se trata de un distrito comercial popular, más o menos ajetreado tanto con peatones como con coches, lleno de tiendas una al lado de otra. Se pueden comprar cuencos y teteras de porcelana, kimonos y productos electrónicos (cómo no) entre los restaurantes de *izakaya* y ramen.

—¿Dónde están los restaurantes europeos?

—Están todos en los callejones.

En lo alto de la pendiente, justo antes de que se acabe la subida, veo el poco atractivo restaurante de sushi al que yo llamo Cinta Giratoria porque son las únicas palabras que entiendo del cartel. No tiene nada de especial. Nos sentamos a la barra que envuelve la cocina abierta y, tal como indica el nombre, una cinta giratoria recorre toda la barra, con platillos de sushi encima.

A Sebastian se le ilumina la mirada y va a por un par de platillos de inmediato. Mientras tanto, le echo un vistazo al menú y le pido lo que queremos al chef, un anciano con una cinta en el pelo. Me decanto por tipos de pescado menos comunes y más caros en Nueva York: variedades de caballa como el *aji* o el *sawara*, adobados con recetas antiguas. Los pescados aceitosos como estos pueden llegar a ser demasiado para algunos, pero, siendo sincero, cuando son frescos son tan apetitosos como el salmón o el atún. Sayumi tuvo razón al recomendarme que evitara la infernal trampa para turistas, la lonja Tsukiji, para ir a por un sushi increíble. El buen pescado está por todas partes y el Cinta Giratoria tiene a espuertas.

Sebastian tiene buen apetito y suele mantener solo un mínimo de conversación mientras come, algo que por mí ya está bien. Ha perdido unos kilos desde la noche que lo conocí echando jugo de hamburguesa en las sacrosantas paredes del Pianos. No estaba entrado en carnes, aunque sí más musculoso. Sospecho que la pérdida de peso, que ahora revela un cuello más largo, tiene algo que ver con su pareja.

—¿Cómo encuentras estos sitios? —pregunta cuando termina de comer.

—Me fascinó enterarme de que Tokio tiene un barrio francés. Y también porque la última vez que vine estaba buscando una cafetería en concreto y no la encontré.

—¿Era una cafetería francesa?

—Neozelandesa, mira tú por dónde. Es conocida por tener el mejor café cortado. En Nueva York no tenemos ninguno bueno de verdad, si es que venden en algún sitio. Pero parece que en Tokio les gusta el café australiano y neozelandés. Y, como nunca he estado en esos países, tengo ganas de probarlos aquí.

—¿Y dicen que está por aquí cerca?

—Vale, la información que tengo es una traducción de vete a saber dónde, así que no sé lo precisa que será. Dice que está al salir de Kagurazaka-dori, por lo que no está en esta calle.

—Para el carro, ¿Kagurazaka-dori no es lo mismo que Kagurazaka?

—No, Kagurazaka es el barrio, y Kagurazaka-dori es esta calle.

—Ah, vale.

—Hay una intersección en forma de «T» ahí, y en la esquina hay un Family Mart.

—Hemos pasado por delante de uno antes.

—Hazme caso, he ido de un lado para otro de ese callejón como cien veces. Hay tres Family Marts, y el primero no está en una esquina.

116

—Claro.

—El segundo es el que hemos visto y sí que está en una intersección en forma de «T», pero, como decía, he buscado por todas partes. Hay otro más arriba, pero ese está en una intersección normal. He buscado por ahí también y nada.

—¿Quieres que probemos suerte cuando terminemos?

—No quiero arrastrarte por todo el barrio. Demos una vuelta y estaré atento por si pasamos cerca. Y si la encontramos, pues mejor.

Me mira con más atención.

—Tu trabajo me interesa más ahora.

—¡Ja!

—Pidamos la cuenta. Pero tengo que ir al baño antes. Espero que no sea uno de esos que solo son un agujero en el suelo —dice con una risita nerviosa.

—¿Hacia dónde se supone que tiene que mirar uno? —respondo para animarlo.

—Supongo que hacia la parte cubierta, porque te protege de las gotas. —Compartimos una carcajada.

Cuando vuelve del baño, me dice:

—Pues sí que era de los de agujero.

—No quería asustarte.

—¡Así que ya lo sabías!

Me río de él.

—¿Tenéis de esos en Filipinas?

—Nunca los he visto ahí, no. Pero mira, una vez mi padre me llevó a su pueblo natal, en una zona rural de las islas. Nos quedamos en una casa que creo que era de unos familiares suyos. Bueno, era más como una cabaña, a decir verdad. Pues tenía que ir al baño y… ¡sorpresa! Había un cuenco de cerámica del tamaño de una tacita así como metido en la tierra. Era básicamente un agujero en el suelo, tan pequeño que más te

117

valía tener buena puntería. No había visto nada así en la vida. Era muy pequeño y me marcó de por vida.

Sebastian suelta una risita. Pagamos la cuenta y volvemos a la calle. Lo llevo a callejones al azar y nos permitimos perdernos. Allí, en los angostos caminitos adoquinados, encontramos los restaurantes franceses, escondidos entre casas de madera con persianas de bambú bajadas delante de las ventanas. Me parece el set de una peli de samuráis hasta que damos con restaurantes de crepes con nombres como Fleur Bisous. Es raro, pero se las arregla para encajar. Es tan encantador que no me imagino que pueda funcionar a la inversa; imagina que vas por, no sé, Saint-Céneri-le-Gérei y te encuentras con un Cinta Giratoria. No lo veo igual porque los japoneses pueden hacer unas crepes buenísimas en los callejones de Tokio, pero el pescado crudo sería una atrocidad en un pueblecito medieval francés.

—Creo que me apetece algo dulce —dice Sebastian.

Vamos cuesta abajo por Kagurazaka-dori y al cruzar la avenida, junto al canal, encontramos la cafetería de nombre muy apropiado Canal Café. Ya he estado aquí en otra ocasión, sudando a mares bajo un parasol delgadísimo, con el sol apretando tanto que parecía dispuesto a derretirlo. Desde la acera, bajamos por las escaleras hasta el paseo que hay en la ribera del canal. En esta ocasión, las largas ramas llenas de flores de los cerezos de la acera que queda por encima caen en cascada por el enrejado bajo el que nos sentamos. Hay barcos amarrados junto al pasamanos y algunos van a zarpar hacia un pintoresco viaje. Al otro lado del canal, vemos trenes que sisean detrás de varios cerezos.

—Esto está bastante bien también —comenta.

—Sí, ¿verdad? Pero no está muy escondido precisamente. Como ves, es bastante popular.

—Claro, pero yo no habría sabido encontrarlo de todos modos.

Me congracié con Sebastian cuando lo llevé a una cafetería a unos metros de debajo del puente de Manhattan, un tesoro escondido en un edificio decrépito en el borde de Chinatown. Tenía una colección de sillas antiguas y clásicas en las que sentarse, y en verano ponían macetas con flores en la ventanita que siempre estaba abierta. Cada día, colocaban una silla infantil de madera delante, en honor al nombre de la cafetería, Little Chair. La mesa junto a la ventana tenía vistas al puente, al campo de béisbol del parque y, detrás, al río East. Tenían un café excelente que preparaban los hípsters que vestían ropa carísima de la marca Supreme y que frecuentaban el *skate park* que había cerca.

—Esperamos con ansias tus descubrimientos —me cuenta Sebastian—. Tenemos muchas ganas de volver al Little Chair.

—Por desgracia, lo cerraron.

—¡No! Qué mal. Nos encantaba.

—Oye, con ese «nos» te refieres a…

Cuando conocí a Sebastian, llevaba casi veinte años con su pareja, Matthias (de vez en cuando me tengo que recordar que Sebastian es gay, y cada vez que me pasa es como una revelación. Porque lo concibo como hetero, no sé por qué). Una tarde, en el aeropuerto de Fráncfort, intercambió una mirada con Christian, un superhíbrido australiano y asiático que acababa de salir del control de aduanas como si fuera el vestuario de una pasarela de moda. Por su parte, Sebastian, con su uniforme y su maleta de ruedas negra, habría estado impresionante. La mirada los llevó a charlar y, en cuestión de unos pocos

119

minutos, Sebastian ya lo llevaba a su hotel cerca del parque Grüneberg. La atracción fue mutua e innegable, pero Sebastian tenía que volver a su casa en Maguncia, a una hora de distancia. Al día siguiente, Christian fue a Maguncia para tomar algo con él y, para el final de la velada, ya habían decidido que iban a dar el paso. Sebastian lo llevó de vuelta a Fráncfort y pasó la noche allí.

Quedó con Christian dos veces más en su hotel de Fráncfort. Fue entonces que sospechó que se trataba de una situación distinta. Sebastian y Matthias también tienen una relación abierta y siguen la regla de oro de esas relaciones: no enamorarse. El día que Christian se tuvo que ir de Fráncfort, Sebastian lo acercó al aeropuerto y se valió de su acceso especial y sus conocidos para despedirse en la puerta más alejada posible. En la última barrera, cuando ya no pudo acompañarlo más, le quedó claro que había quebrantado la regla más importante de todas. Fue una despedida bastante emotiva. Se prometieron que iban a seguir en contacto y Sebastian se pasó todo el viaje de vuelta llorando.

Desde entonces, no ha pasado ningún día en el que no se comuniquen. Christian vive en Singapur y, gracias a su aspecto «ni de aquí ni de allá», lo contrataron en una agencia que le proporciona muchos encargos de modelo para productos que blanquean la piel en Asia y en Oriente Medio. Sebastian todavía no tenía la antigüedad necesaria para cambiar de ruta, pero, por un golpe de suerte, le surgió una oportunidad en la ruta entre Fráncfort y Singapur. Entonces entendí por qué lo había dejado de ver. Uno de los encargos más fortuitos de Christian, sin embargo, fue en Nueva York.

Sebastian se puso en contacto conmigo un día de verano y me escribió: *Si estás en Nueva York, nos gustaría quedar. ¿Quizá en el Little Chair otra vez?* Como en aquel momento yo no

120

sabía nada del amorío, con ese «nos» entendí que se refería a Matthias y él. Así que ya te imaginarás lo mucho que me sorprendí cuando entró en la cafetería aquella tarde acompañado de Christian. Nos pedimos un café y, a juzgar por lo atento que se mostraba Sebastian, empecé a sospechar que se cocía algo. Nos sentamos a la mesa junto a la ventana, ante el calor y el brillo de un espléndido día de verano en Nueva York.

—La cafetería está muy bien —comentó Christian.

Sebastian lo miró y asintió de esa forma que hacen las parejas para comunicarse sin palabras. En esos dos segundos, en aquella mirada momentánea con una sonrisa casi invisible en las comisuras de los labios, lo supe. También vi que les encantó la cafetería de verdad por los mismos motivos que me gustaba a mí: era un rinconcito tranquilo y encantador en la gran ciudad, un lugar que no conocía mucha gente. Y, teniendo en cuenta su situación, la sensación de secretismo habría sido más grande aún.

Según vi mientras tomábamos el café, que no fue mucho rato, Christian era un buen hombre, con los pies sobre la tierra y una sonrisa encantadora. Tiene treinta y pocos años y es muy consciente de que lo de ser modelo no es para siempre, por lo que está pasando a ser profesor de natación y va a abrir su propia escuela. Como les apeteció ir a dar un paseo, cuando terminamos fuimos a la autovía FDR y pasamos al camino que va junto al río East. Caminamos por la curva hasta llegar al parque y, para cuando llegamos bajo el puente Williamsburg, ya me di cuenta de que Christian estaba muy enamorado de Sebastian. Nos sentamos en un banco y observamos a los remolcadores pasar junto a la vieja fábrica de azúcar Domino que hay al otro lado del río. Hacen muy buena pareja, aunque debo reconocer que estar junto a esas dos criaturas gloriosas, un piloto y un modelo, para colmo, es un buen golpe contra la autoestima.

Más adelante, Sebastian me contó la historia con más detalle. No sabía si lo había dejado con Matthias, pero me alegré de comprobar que no, por mucho que eso hiciera que la situación fuera más compleja. Vi que Sebastian estaba muy cambiado desde que había conocido a Christian. Aparte de lo de haber perdido peso, a veces me mandaba fotos de los dos en sus encuentros secretos y los veía contentos, felices de verdad. Al verlos juntos, poseían una alegría inexplicable, y no concebía por qué no debían estar juntos. Supongo que para salvaguardar esa alegría no hay por qué desprenderse de todo lo demás.

—Supongo que me refiero a Christian y a mí. Somos un par de *Homo viajerus*.

—Qué cosas dices. —Me río por compromiso, porque no sé si pretendía que tuviera doble sentido o no—. ¿Cuánto lleváis ya? ¿Dos años?

—Sí, casi.

—¿Crees que Matthias lo sabe?

—Sabe que quedo con otros como hace él, pero no sabe que me veo con uno en exclusiva.

—¿Y te sientes culpable?

—Al principio no, pero, cuando me di cuenta de que sentía algo por él, entonces sí. Y luego, después de verlo más y más, solo soy feliz.

—¿No has pensado en estar solo con él?

—Claro, el problema es que eso habría funcionado hace veinte años. Ahora, no sé yo.

—A los cuarenta aún eres bastante joven, ¿no crees? Que tampoco tienes ochenta y cinco tacos y estás contemplando la vida que has desperdiciado.

122

—Ya, pero es que llevo muchísimo tiempo con Matthias. Mi familia es su familia y viceversa. ¿Cómo se deshace algo así? Es lo mismo que tú con Gabriel, habéis creado una vida juntos, vuestro propio mundo. A veces es difícil de ver, pero está ahí. Y luego conoces a alguien que te cae bien, por ejemplo. Lo bastante como para que quedéis muchas veces. Ahí es cuando te das cuenta de que no es tan fácil dejar todo eso atrás.

—No, y menos si todavía os queréis, a pesar de las circunstancias.

—Exacto. Lo quieres durante todos esos años. Yo todavía quiero a Matthias. Lo que tenemos no es perfecto, aunque ninguna pareja lo es. Así que tendría que ser una situación muy mala para mí para dejarlo. Y no es nada práctico, además. Digamos que Christian se muda a Maguncia conmigo, ¿qué haría entonces? Para empezar, tendría que aprender alemán. Si nos mudamos aquí, por poner un ejemplo, tendríamos que aprender japonés, con todos esos dibujitos raros. No me imagino cómo funcionaría eso, y menos ahora que ya ha montado su escuela de natación.

—¿Y si, por ejemplo, resulta que crees ser más feliz con Christian? En las fotos que me mandas se os ve encantados de la vida. ¿No te acabarías arrepintiendo de haber decidido no estar con él del todo?

—Recuerdo algo que me contaste aquella vez que Gabriel tuvo una aventura. Te enteraste de que dijo que se habría arrepentido de no volver a ver al otro.

—Por raro que parezca, lo entendí.

—Pues estoy seguro de que él lo hacía feliz igual que lo soy yo al verme con Christian ahora. Pero no voy a dejar a Matthias, igual que Gabriel no te dejó a ti. La felicidad no es lo único que se debe tener en cuenta.

123

¿Será cierto? ¿Acaso la felicidad no es lo primero que ponemos en la lista? ¿Nos resignamos a la vida que hemos tenido durante cinco, diez, veinte años? ¿No nos damos la posibilidad de conseguir otra cosa? ¿O el problema es que esa añoranza, las emociones fuertes y todo lo que forma una historia romántica épica no acabará siendo lo que promete a la larga? Sin las emociones fuertes, no hay periodos de tranquilidad; además, tal vez lo que es mejor y más saludable, y no solo en el amor sino en la vida en sí, es lo sostenido, lo estable, lo seguro, el sentirse arraigado. Y ahí está otra vez. El sentirse arraigado. Que lo haya oído de parte de Landon es el colmo de la ironía.

Nos traen la comida y eso aligera el ambiente de inmediato. Sebastian ha seguido mi consejo y se ha pedido una panacota hecha de *kanzan*, un tipo de cereza de Asia Oriental. Por mi parte, tengo una selección de macarons de distinto sabor que incluye el mejor y más raro que he comido nunca: frambuesa *yamamomo*. Los dos nos tomamos un café para acompañarlo todo y, después de terminar, nos quedamos un rato hasta que enciendan las lámparas de calor. Disfrutamos de las vistas, de los árboles, los barcos y el canal, y cuesta no ponerse romántico y empaparnos de todo lo que vemos, de todo lo que nos trae la vida.

—Es un sitio muy especial —dice Sebastian—. A Christian le habría encantado.

—Lástima que no haya podido venir.

—Tenía ganas, pero está muy liado con la escuela. Iré a Singapur para la primera clase, el domingo. Tendrá a un montón de niños.

—Es fascinante. ¿Cómo os lo montáis? Tenéis dos vidas.

—El corazón tiene cuatro cámaras y otra extra: la invisible, donde nos encontramos a nosotros mismos de vez en cuando.

Me lo quedo mirando anonadado. No tenía ni idea de que era capaz de decir algo tan profundo.

—Sebastian, ¿cómo se te ocurren esas cosas?

—Será de tanto volar y quedarme mirando el cielo. Es toda una sorpresa eso de conocer a alguien y tener la sensación de que es algo predestinado. A mí no me ocurre a menudo, o quizá sea que no me entero de todo eso. Guardarme unas cuantas cafeterías para mí mismo es muy distinto a lo de Landon. Hablar con Sebastian es como mirar a un espejo muy sabio que te responde. Me he enterado de mucho sin tener que contarle casi nada. Es increíble lo paralelas que parecen ser nuestras vidas en cierto sentido. En una ocasión, él se atrevió a usar la palabra *química* para describir nuestra amistad, así que es justo que hoy me toque a mí decir algo así.

—¿Sabes qué?

—¿Qué?

—Que nos hayamos visto aquí... —empiezo.

—¿Qué le pasa?

—Es como si estuviera predestinado.

CAPÍTULO ONCE

Sayumi me pregunta si me apetece ir a cenar ramen con ella. Le digo que me encantaría, pero que estoy en Kagurazaka con un amigo que no tiene planes para cenar.

—Tráetelo —me dice.

Quiere llevarnos a un restaurante de la etapa universitaria de Tadami en Aoyama Gakuin, a pocos minutos del famoso cruce de Shibuya. Nos encontraremos delante del monumento de Hachiko, el legendario perro al que todo el mundo quiere y que es lo más reconocible de la zona para nosotros, por mucho que esté en pleno cruce. Resulta gracioso quedar delante de la estatua de un perro, pero, pensándolo bien, he hecho lo mismo con otros amigos delante del oso Paddington en Londres, y ese es ficticio.

Sebastian se anima de inmediato al enterarse de a dónde vamos.

—Aún no he ido al cruce ese —me cuenta.

Hacemos tiempo junto al canal, atravesamos el puente y exploramos el vecindario antes de tomar el tren a Shibuya. Sayumi ya está ahí cuando llegamos y los presento.

—Sebastian no lo ha cruzado nunca —le cuento.

—¿Cómo? —Sayumi está anonadada—. ¡Vamos ahora mismo!

No creo que tengamos por qué cruzarlo de verdad, pero ¿qué mejor manera de romper el hielo? Hachiko está en una plaza que forma una de las esquinas del famoso cruce, también

126

conocida como la plaza *scramble*, donde se juntan tres de los amplios cruces de peatones. La plaza tiene forma de hexágono irregular y los lados son los cruces de peatones, con uno más grande que atraviesa el centro. Estamos en plena hora punta y la gente se junta en las esquinas. Justo antes de que cambie el semáforo, cuando el número de personas a la espera es mayor, parece que hay alguna manifestación o algo. Menos mal que los japoneses son muy dados al orden, porque si no todo podría salirse de control en un momento. Sayumi nos lleva al cruce central, el más ajetreado, que da a una librería enorme llamada Tsutaya.

El semáforo se pone en verde y empezamos a cruzar junto a hordas de personas mientras esquivamos a otras hordas que vienen en dirección contraria, algunas de ellas en bici y otras tirando de maletas de distinto tamaño. Como se detiene todo el tráfico de vehículos, los peatones no tienen por qué confinarse a las rayas pintadas y van saliendo en direcciones distintas. Por mucho que no sepa cómo vamos a poder llegar al otro lado, sí alcanzamos la mitad del camino. Los altos edificios con luces LED parpadeando y destellando como fuegos artificiales nos hacen sentir como si estuviéramos flotando por la Vía Láctea. En medio de tanto barullo, una tonadita feliz que parece música de un programa infantil raro suena desde alguna parte. *Bop bip bip, bop bip bip*, suena. No nos queda otra opción que emocionarnos, y es aquí en el centro cuando de verdad todo parece caótico. Nos da la sensación de que nos vamos a perder de vista, porque hay muchísima gente ocupada y con prisa, pero también hay muchos turistas, entre ellos Sebastian y yo, que se quedan asombrados ante la gran escala de algo tan común en la vida como cruzar la calle. ¿Cómo puede ser que algo tan cotidiano se convierta en una experiencia así de increíble? Con tantísimas vidas juntándose en un solo lugar. El poeta

Toby Thompson dijo que «todos somos unas pelotitas blancas en una enorme partida de pingpong cosmológico», y en este mismo instante me parece más real que nunca.

Aunque el hombrecillo verde del semáforo empieza a parpadear, seguimos muy lejos del otro lado. Sayumi suelta unos soniditos agudos y acelera el paso; muchos otros, que quizá han empezado tarde el cruce, corren para llegar al otro lado. Presa del pánico, Sebastian grita algo en alemán que no entiendo. Suena como «¡Vial de lis! ¡Vial de lis!». Medio corriendo, apenas llegamos al otro lado cuando los vehículos ocupan el cruce de nuevo.

Nos reímos como desquiciados, como si acabáramos de sobrevivir a hacer puénting o caída libre. En algún momento del cruce, Sayumi ha sacado el móvil para grabarnos y ahora nos muestra el vídeo. Nos damos cuenta de que nadie le ha bloqueado el objetivo, de que todo el mundo la ha esquivado o se ha agachado para apartarse, y lo más increíble de todo es que, a pesar de la tremenda locura del cruce, no me han dado ni un solo empujón. Es lo mejor de la cultura japonesa: son educados y respetan muchísimo el espacio personal. Tras el respiro, nos alejamos de allí al ver que el número de personas que quiere cruzar vuelve a crecer.

Sayumi nos lleva al restaurante de ramen. No tenemos que caminar mucho para llegar al edificio bajo y de ladrillo, situado en una zona comercial arbolada pero mucho más tranquila que el cruce. Nos acercamos a lo que parece ser la entrada trasera, junto a una lámpara gigantesca, roja y con forma de acordeón grabada con unos caracteres japoneses grandes y negros.

Al igual que en el restaurante de ramen al que fui durante mi primera noche aquí, pedimos por una máquina en el exterior que suelta unos papelitos. Es uno de esos locales en los

128

que necesitas a alguien de la zona para que te aconseje qué pedir, no vaya a ser que acabes pidiendo una cabeza de pescado o alguna otra exquisitez inesperada por accidente. Sayumi se encarga de la máquina por nosotros e introduce una cantidad ingente de monedas cuando los veinte botones o así que hay se ponen a parpadear de un color verde urgente, como el semáforo del cruce. Todos los botones están etiquetados en japonés y algunos son rojos, que imagino que son los platos picantes, y otros son verdes, unos que un vegetariano esperaría que no llevaran ballena o alguna otra especie en peligro de extinción.

Cuando la máquina nos escupe los papelitos, avanzamos por un pasadizo corto que cruza por la cocina y termina en un comedor acogedor y de paneles de madera. De hecho, el restaurante entero está hecho de madera reluciente, tanto que hasta te esperas oler el barniz. Un camarero nos adjudica una mesa en un rincón y le damos los papelitos. Lo mejor del ramen es que lo sirven casi al instante. En algún lugar tienen un recipiente de caldo hirviendo y los fideos se hacen en menos de un minuto. El chef prepara el cuenco y ya está listo para que nos lo traigan.

Sayumi y Sebastian se caen bien al instante, aunque era lo que me esperaba. Lástima que Tadami no haya podido venir por su combate de jiujitsu, porque me habría parecido interesante verlos interactuar. Dejo que se hagan amigos hablando de sus vivencias en Nueva York. Él le cuenta cómo nos conocimos en el Pianos y le dice lo de la hamburguesa que escupía. A Sebastian le gusta la historia tanto como a mí. En algún momento de su conversación oigo que él le pregunta dónde puede ir a comprar ropa de hombre.

Me doy un momento para echarle un vistazo al móvil y veo que me ha llegado un correo de mi abogado de inmigración.

129

Se me acelera el corazón. ¿Me habrán concedido la petición? No puede ser. Sería demasiado fácil. No puede ser una buena noticia. Me da la sensación de que algo ha salido mal porque, visto lo visto, lidiar con ese asunto nunca es tan viento en popa. Sea lo que fuere, no puedo abrirlo ahora mismo, así que guardo el móvil e intento olvidarme.

Nunca es agradable cuando te preocupa algo tan crítico, pero logro disfrutar de la comida y de la compañía. Cuando terminamos, volvemos a Hachiko dando un paseo, en la estación de Shibuya. Nos quedamos en la plaza, rodeados de los tres cruces enormes. Sebastian va a volar mañana a Singapur para seguir con su ruta, Sayumi volverá a la isla Tennozu y lo más probable es que no la vuelva a ver durante este viaje. Ya vendré a verla en otro momento. Si se le pudieran conceder estrellas Michelin a una persona, a ella le daría tres. Vale la pena hacer un viaje especial por ella.

Vuelvo a Shimokitazawa por el momento, con emoción por lo que nos espera. Todos estamos en un cruce, con viajes más amplios e inmensos que el destino. Un destino que, ahora que lo pienso, puede llegar a ser variable. ¿A dónde vamos? ¿Deberíamos volver a lo que conocemos? ¿Deberíamos tomar un rumbo distinto? No volvemos al mismo cruce, sino que esta vez descendemos bajo tierra para ir en trenes distintos, pero aprovechamos la oportunidad para despedirnos como bien merece esta increíble coincidencia.

En el tren, me quedo a solas para poder leer el correo. Es horario laboral en Nueva York, así que, cuanto antes conteste, más claro quedará todo y más cerca estaré de resolver lo que sea. Tengo la valentía suficiente como para abrirlo ahora. Y es lo que me esperaba.

He recibido un aviso de espera respecto a tu petición para que te concedan el visado laboral. No especifica qué obstáculo hay, pero lo

130

más probable es que busquen más documentación de apoyo. Te avisaré lo antes posible de lo que necesitamos cuando manden la petición.

Por el momento, es difícil calcular cuánto va a tardar el proceso, pero, por desgracia, creo que no va a ser a tiempo para tu cita en la embajada la semana que viene. Llegados a este punto, creo que lo mejor es que cambies la fecha.

Con el paso del tiempo, ya se me da mejor reaccionar a esta situación. Porque esto, o algo similar, ya ha ocurrido muchas otras veces. Aunque sé que no tiene sentido entrar en pánico, cada vez resulta más frustrante. El sufrimiento que puede soportar uno es limitado, y la pregunta más importante ahora mismo es cuánto aguantaré. ¿Cuántas veces y cuánto tiempo voy a seguir haciendo esto?

En Blue Liberica me dieron tres semanas de vacaciones. Si todo hubiera salido según lo planeado, tenía la cita en la embajada de Manila la semana que viene, me devolverían el pasaporte transcurridos cinco días, con tiempo más que de sobra para volver a Nueva York. Ahora tengo que cambiar la fecha de la cita, y seguro que no será hasta dentro de un mes, por lo que también tendré que cambiar el vuelo de vuelta. Con tanto cambio, ¿me darán el permiso a tiempo? No tengo cómo saberlo. Bien podrían tardar meses. Tengo la vida en pausa.

Aunque la idea de volver a vivir en Manila siempre se me pasa por la cabeza cuando sucede esto, cuanto más tiempo paso en Nueva York, menos me lo imagino. Quienes se encuentran en una situación similar suelen ponerse a discutir con las autoridades: «Pero ¿qué pasa con mi vida?». Y es cierto, mi vida está allí, pero no es un argumento de peso para la embajada. A los cónsules les interesan los documentos, no el drama. Aunque no necesariamente quiero ser estadounidense, sí que soy neoyorquino. Ojalá hubiera un visado solo para Nueva York. Quizás ese sería más fácil de conceder.

131

Fuera de la estación de Shimokitazawa, escribo mi respuesta. *Enviaré lo que haga falta en cuanto pueda.*

Los pies me llevan rumbo a Piso con Vistas, solo que no me apetece volver a casa. No puedo irme a dormir así sin más; estoy cansado, pero necesito estar agotado del todo. Tengo que cansarme tanto que cuando llegue a la cama no pueda dedicarle ni un segundo a preocuparme por nada. Aunque no busco alcohol en sí, una copa quizá me venga bien. En lugar de ir a la izquierda, giro en dirección opuesta, hacia los callejones de tiendas y restaurantes. A pesar de que algunos están a punto de cerrar, las calles siguen bastante ajetreadas. Busco bares en plantas superiores con la esperanza de encontrar un lugar tranquilito y, justo cuando creo que he dado con uno, resulta ser un bar para fumadores. Me acuerdo de que Sayumi me contó que los japoneses fuman como un carretero.

No me molesta ir a buscar otro. Camino por callejuelas que ya me suenan hasta que llego a la floristería de la que me habló Landon. Si bien está en penumbra, desde la calle solo veo a unas diez personas dentro. No deben de estar comprando flores a estas horas, ¿no?

Entro por curiosidad y sí, hay un camarero sirviendo bebidas. Me sonríe y me hace un ademán hacia un asiento vacío en la barra. Los cubos de flores están a un lado junto a las ventanas y el efecto es asombroso. Me da el menú, del tamaño de una postal, y no tienen una gran selección de bebidas, sino solo los clásicos. Le pregunto al camarero, un hombre de mediana edad, si puede prepararme un French 75 con coñac.

—¡Te gustan los buenos cócteles!

Su entusiasmo me parece buena señal.

—¿Puedes prepararlo?

—No tengo champán. ¿Prosecco te parece bien?

—Perfecto.

132

—¿De dónde eres?

—Vivo en Nueva York.

—¡Ah! —Se anima de inmediato—. Voy mucho. Vivo en Queens y voy en el tren R. —Me lleva un momento entender que está hablando del pasado y sonrío. Ha aprendido a hablar inglés estrictamente en presente, un fenómeno que no es gran novedad para mí. He conocido a más de un neoyorquino que habla así, como si solo viviera en el presente, como un animal salvaje, algo nada sorprendente en la selva que es Nueva York. El camarero viajaba allí a menudo no hace mucho, para ir a ver a su mujer, que trabajaba en Manhattan. Tiene buenos recuerdos de la ciudad y de sus rutinas allí—. No me gusta —añade con una expresión como de ensueño distante.

La discrepancia entre lo que dice y la nostalgia que le ha entrado me parece incongruente. ¿Puede ser que no le haya gustado y la eche de menos al mismo tiempo? No tarda en cambiar de tema y me cuenta que Dan va a actuar. Me lo dice como si tuviera que saber quién es el tal Dan. «Ya sabes, Dan. Ah, claro, claro, Dan. Por supuesto. ¿Quién si no?». Aun así, pienso que, sea quien fuere, yo estaré bien siempre que tenga la bebida en la mano.

Unos minutos más tarde, un hombre trajeado con un bombín se abre paso despacio hacia el final de aquel espacio pequeño, una tarea más complicada para él por el acordeón que lleva pegado al cuerpo. Debe de ser Dan. Se coloca en su puesto y los demás guardan silencio. Dice unas cuantas cosas en japonés que hacen reír a los clientes y yo sonrío porque ¿qué otra cosa puedo hacer en esta situación? Baja la mirada un instante y empieza a tocar el teclado con la mano derecha mientras pulsa los botones de marfil con la izquierda. El fuelle se expande y el sonido tan distintivo del instrumento llena la salita. El aroma de las flores que lo invade todo, el cóctel

133

embriagador y la música de Dan desafían mi presencia en este local. Me siento transportado, perdido. ¿Dónde estoy? ¿En la vieja ciudad de Maguncia o en los peldaños de la basílica del Sacré Coeur?

Dan termina de actuar tras un par de canciones más y, mucho después de que se hayan extinguido los aplausos, sigo aturdido. El camarero me dice que van a cerrar pronto, así que pago antes de acabarme la bebida, que estaba riquísima. ¿Me he tomado dos o tres? Debería saberlo por lo que me cobra; son varios miles, y me alegro al darme cuenta de que está en yenes. En cualquier caso, he perdido la capacidad de convertir monedas, así que pago lo que dice el ticket. Me despido del camarero y me dice: «¡Adiós, neoyorquino!». Le estrecho la mano con la esperanza de que ese *neoyorquino* sea una profecía y no un mal presagio.

Ya en la calle, me abrocho la chaqueta hasta el cuello. El vecindario está tranquilo y en silencio y la tristeza me toma por sorpresa. No estoy en Maguncia ni en Montmartre, pero ¿querría estar allí? Estoy en Shimokitazawa, en Tokio en el momento cumbre de los cerezos en flor. Es mi vía de escape, y uno no puede escapar de la vía de escape. Aunque puede que los meses que tengo por delante sean inciertos, por ahora sé a dónde ir. Sé que el callejón que sale de la floristería-bar atraviesa el barrio y me acerca a mi calle. Me alejo de las tiendas antiguas y restaurantes que ya tienen la persiana echada. Me he dado cuenta de que, sin la gente y sin su energía, con la extravagancia escondida, todo es muy cutre, pero también encantador. A esta ciudad le queda muy bien ser cutre.

El callejón se va volviendo más angosto y silencioso cuanto más avanzo. En otra situación, estaría alerta por si alguien pretende atacarme, pero en Tokio no tengo nada de lo que preocuparme. No hay crimen en Japón, como me contó Sayumi.

134

Camino sin pensar por partes oscuras del callejón y llego a una manzana compuesta por hogares, salvo por un edificio de tres plantas a medio camino. Voy más despacio para examinar la ventanita de lo que parece ser un bar o un restaurante en la primera planta. En el alféizar hay botellas de sake con las etiquetas de cara al exterior, a modo de invitación. Las luces están encendidas y, desde fuera, parece más acogedor aún. ¿Será tan encantador como la floristería-bar? Mientras intento evaluar si sigue abierto, oigo unas carcajadas de un grupo de hombres y mujeres jóvenes, tal vez cinco o seis, que bajan por las escaleras de caracol que hay delante del edificio.

Cuando llegan a la calle, me doy cuenta de que la cacofonía está en inglés. Los miro de reojo y, antes de apartar la mirada, me percato del chico que va por detrás de los demás. Esa silueta. Es inconfundible. Sale hacia la luz, lo suficiente como para que distinga esa bomber, desabrochada para revelar la chaqueta tejana que tiene debajo. No conozco a nadie más que se ponga así las capas. Está claro que la cacofonía es bastante festiva, algún tipo de celebración, y entonces lo entiendo. *Pero si me dijo que...*

Landon me ve mirarlo, con esos ojos azules que relucen a través de la calle tenebrosa, y, con una leve sonrisa, con el rostro oculto por una sombra como en la foto que le hice, me saluda con un ademán de la cabeza, sin cortarse ni un poquito. Un ademán, un pequeño movimiento de la cabeza. Me cuesta reaccionar, lidiar con la traición que demuestra sin más. Le devuelvo la sonrisa en un acto reflejo, tan leve y minúscula como la de él, una breve reacción defensiva para no pasar vergüenza, para salvaguardar el orgullo, como si me diera igual, como si no me hubiera dolido. Uno de ellos grita «¡Vamos ya!» y sus amigos ruidosos y felices, para quienes parezco ser invisible, se lo llevan hacia otro callejón. En menos de un minuto,

135

han desaparecido y el estruendo repentino ha pasado tan deprisa como ha llegado. Lo que me parece real, sin embargo, es que vuelvo a ser alguien que ve pasar la vida de los demás sin participar en ella. No tenía paraguas de plástico transparente, no soy uno de ellos. No pertenezco a su mundo. Me he quedado paralizado en plena calle y, cuando recuerdo que iba de camino a algún lado, emprendo la marcha otra vez, todavía sorprendido, y pongo un pie delante del otro en el callejón, entrando y saliendo de las sombras y de la luz ocasional.

CAPÍTULO DOCE

—*Hay unos vaqueros que quiero comprarme y me gustaría que me dieras tu opinión* —me dice Landon por teléfono.

No menciona lo que pasó anoche y no le noto ni un solo atisbo de culpabilidad o remordimiento en la voz. Me hace sentir como que me estoy pasando de susceptible. ¿Le estoy dando más importancia de la que tiene? ¿Me equivoco al sentirme agraviado cuando me dijo que no tenía ganas de ver a nadie y se fue de fiesta? Que se invalide lo que siento me saca de quicio.

Podría decirle algo yo, pero estoy débil. Ni siquiera soy capaz de sacar el tema. Hay algo mucho más poderoso en mi interior que me lleva a hacer todo lo que pueda por complacerlo y me gana con la adulación implícita en lo que me acaba de pedir. Le importa mi opinión. Qué suerte tengo. ¿A qué debo tremendo honor? Me considera un dictaminador de estilos. Ahora sí que me parece un juego. Y, aunque me molesta seguirle el rollo, no puedo evitarlo. Tengo ganas de verlo y sufriré la indignidad que haga falta. Tras mandarle unos cuantos correos a mi abogado, voy con él como ayer.

Llego a su piso antes de lo normal. Me sorprende que esté despierto, pero ahí me lo encuentro, como siempre. Nos sentamos cara a cara a la mesa de la cocina y me sirve café, sonriendo con superioridad como si no hubiera ocurrido nada. Qué irónico que actuar así solo consiga enfatizar que sí que ha pasado algo.

—¿Pasa algo? —pregunta con cierto tono acusador. Me pone nervioso, por mucho que no tenga nada por lo que estarlo. No soy yo el que ha mentido, ¿por qué me pongo así? De repente me encaro al hecho de que no tengo bemoles para defenderme a mí mismo—. Me has dicho que estabas escribiéndole un correo a tu abogado.

—Ah. —Me alivia que no se refiera a lo de anoche. Me alejo de todo tipo de confrontación—. Sí. No he recibido muy buenas noticias y he pasado mala noche esperando que me escribiera.

—¿Por qué?

Le cuento la situación. Le digo que he cambiado mi cita en la embajada y que la primera disponible era, tal como había predicho, dentro de cinco semanas contando desde ayer. He mandado un correo a mi aerolínea para cambiar la fecha del billete de vuelta y todavía no me han contestado. Habría llamado, pero mi móvil no hace llamadas internacionales. También me he puesto en contacto con el trabajo y me han dicho que tengo días acumulados suficientes para al menos tres semanas en las que me seguirán pagando. Después de eso, tendremos que ver cómo avanzar. Que solo tenga unas pocas mudas de ropa y dos pares de zapatos es el menor de mis problemas, al menos por el momento. Si al final de todo el proceso me espera volver a vivir en Manila, tendré que comenzar el lío de repatriar todas mis pertenencias.

—Te irá bien —es lo único que me responde.

Tenía la sensación de que estaba preocupado, o al menos interesado, y que quería que le contara lo que sucedía, así que he hecho todo lo posible por transmitir la complejidad y la gravedad de la situación. Y lo único que me dice es que me irá bien. ¿Es que podría haber sido más condescendiente? Su indiferencia me asombra, teniendo en cuenta que comprendió la situación de la novia de su hermano y que él también es un trabajador migrante. Quizás el problema sea que es británico y se ha pasado la vida entera blandiendo ese pasaporte poderoso que tienen, sin enfrentarse a ninguna dificultad al emigrar, así que mucho menos al viajar. Así sí que le sería fácil desestimar los problemas de los demás, porque nunca ha pasado por algo similar.

Me enfada lo suficiente como para sacar el tema de anoche.

—¿Y tú qué? ¿Qué hiciste anoche? —Aunque mi intención era decirlo con más mala leche que como me ha salido en realidad, al menos me he atrevido a decirle algo.

—Salí a tomar algo con unos colegas —dice como si nada—. Fui un expatriado de los de verdad.

No sé a qué se refiere y no me molesto en preguntárselo. Solo quería incordiarlo un poco, pero parece que no le molesta. Aunque debería haber insistido más, al final dejo que se vaya de rositas. Esbozo una sonrisita para que no parezca que me ha dolido.

—Qué divertido —digo, con la esperanza de que suene tan vacuo como su «te irá bien». No se me da muy bien.

Landon se levanta para sacar algo de la nevera. Por el rabillo del ojo, veo la bolsa amarilla y blanca de Loft, vacía, arrugada y tirada en un rincón cerca del fregadero, junto a una bolsa de basura, destinada a tirarla en algún momento. Qué raro que, sin su contenido original, la bolsa, abierta y de pie con valentía gracias a lo tiesa que es, ha perdido la dignidad a pesar del logotipo que tiene grabado y del valor que eso le otorga. «¡Miradme, soy una bolsa de Loft! ¡Tengo valor!». Así me siento yo, como la bolsa. No veo los platos por ninguna parte, de modo que debe de haberlos guardado donde no me quedan a la vista. O eso espero.

Está clarísimo que no significo nada para él. Me lo imagino ayer, corriendo para recoger la bolsa de las escaleras y mitigar la vergüenza cuanto antes. En sus prisas por deshacerse de los platos, seguro que no vio la postal y estará en la bolsa, con el

139

papel arrugado. Me encantaba la postal y me habría gustado comprarme otra, tendría que habérmelo visto venir. Quería quedármela, pero se la di a él. Y lo hice porque significaba algo para mí. «Para Landon —escribí en el dorso—, el chico de Inglaterra que se mudó a Tokio y al que conocí en Nueva York, donde vivo yo». Ahora me siento como un idiota por haber escrito una carta de amor cursi y recorrer la ciudad en busca de platos que pagué con un dinero que debería haberme quedado por mi posible desempleo.

Justo cuando me siento más derrotado, cuando reconozco que todo es inútil, alzo la mirada a la ventana que queda por encima de nosotros. Apoyada en el alféizar, junto a las tres velas de altura ascendente, encuentro la postal. Y adiós enfado.

—Tengo yogur —me dice, rebuscando por la nevera—. ¿No estabas buscando uno que te gustara? —Sí, estaba buscando yogur, porque todos los que he visto eran demasiado aguados. Debo de haberme confundido con lo que es el yogur o es que en Japón es más líquido, no sé—. ¿Te apetece ahora? Puedes llevártelo si quieres, todo tuyo.

—Gracias.

—¿Sabes que la otra noche unas chicas de instituto me acosaron sexualmente? A veces me tratan como un objeto exótico —dice sin atisbo alguno de indignación.

De hecho, resulta que eso le pone. Me desliza la punta de los dedos desde los hombros hasta el codo y la sensación me inmoviliza. ¿Qué diantres me pasa? Hace nada estaba enfadadísimo y ahora me emociona su roce y espero que siga. Me da un beso en el cuello con mucha ternura y me sujeta del brazo con más fuerza de la cuenta para llevarme a la cama. Y ya no tengo el control sobre lo que hago, si es que lo he tenido en algún momento. Se me sube a horcajadas y, en lo que resulta ser un cambio de ritmo, se lo toma con calma y se quita la camiseta. Me

140

mira con ojos de cachorrito y se quita los pantalones cortos. Lo que siento por ese cuerpazo no ha cambiado ni un poquito; admiro su desnudez y su majestuosa excitación. La tiene tan empinada que le da un golpe sonoro contra el abdomen. Me empuja contra la cama, me sujeta las muñecas por encima de la cabeza y me besa con ansias. Me pasa la lengua por la boca del mismo modo que me gustaría que explorara mis emociones. Al igual que la última vez que nos acostamos, cuando casi no pude seguirle el ritmo, su intensidad está por las nubes.

Me desnuda muy deprisa, tanto que parece uno de esos trucos en los que se quita un mantel sin tirar los platos y la cubertería que tiene encima. Exhala por la boca como si fuera un logro del que estuviera orgulloso. Hago todo lo posible por devolverle esa lujuria, por ser tan ansioso como él. Me retuerzo bajo ese cuerpo firme y desnudo que tengo encima y en la piel noto esa humedad viscosa e inconfundible que se le escapa. Eso no se puede fingir; de verdad le gusto y me toma con ansias, por mucho que él también me atraiga. A pesar de que me toque como si fuera una tarea hercúlea, sé que no voy a conseguirlo como sí pude la otra vez. Estoy demasiado agobiado, demasiado preocupado. Hay demasiados elementos que se han metido de por medio, junto a lo que antes solo era el simple ingrediente del deseo carnal. Y lo sabe. Lo nota.

—No se te pone dura —dice en voz baja.

—Lo siento. ¿Podemos intentarlo más tarde?

—No pasa nada, no te preocupes. —Gira en la cama y nos quedamos tumbados el uno al lado del otro.

—Es que tengo la cabeza hecha un lío.

—¿Quieres salir a dar un paseo? —me propone.

—Estaría bien —respondo, aunque habría preferido que me preguntara en qué estoy pensando o que me consolara por mi futuro incierto.

141

Ojalá hubiera superado lo mucho que me dolió lo de anoche. Ojalá tuviera la capacidad de ser sexual sin los líos que vienen con ello, porque para mí esto ya no es un rollo de una noche que continúa de forma indefinida. Pero eso es cosa mía.

—Podemos ir a comer algo al Daisho.

Se me ha olvidado qué es eso y no me molesto en preguntárselo. Nos vestimos y salimos. Acaba de llover, y los rayos de sol que atraviesan el aire húmedo han adquirido esa cualidad optimista. Incluso el suelo que brilla evoca esperanza. Un nuevo comienzo. O tal vez todo sea cosa de mi imaginación y mi optimismo desesperado.

Nos dirigimos hacia el gran supermercado y el Daisho resulta ser el restaurante de sushi con *kaisen don* por menos de cinco dólares estadounidenses. Es imposible no verlo, porque los dos carteles que tiene son más grandes que el propio local, de verdad. El interior es cálido y acogedor y las paredes de madera me transmiten la sensación de estar en una sauna. Sabe que como de todo, así que pide por los dos. Cuando nos traen la comida, ninguno de los platos es un *kaisen don*. En su lugar, hay edamame, sopa miso, sashimi en un cuenco precioso con hielo picado y un gran plato de huevo, caballa y sushi de pulpo. Este festín nos va a costar más de cinco dólares estadounidenses, eso seguro. Por mucho que me moleste, disfruto de la comida y de la compañía. Y él lo sabe de sobra.

—Bueno, ¿y qué pasa con los vaqueros?

—Tengo que mejorar mi fondo de armario. Ojalá no tuviera amigos tan a la moda.

—¿Qué dices? Si vas bien. No tendrías que preocuparte por eso.

—Es que me da la sensación de que tendría que mejorar un poco.

142

La tienda de ropa no está lejos del Daisho. Es un local pequeño que vende una marca que no me suena de nada y no parece ser algo de lo que él fuese a enterarse por iniciativa propia. Es algo guay y moderno, o algo incluso de duración más breve: a la moda. Algo con lo que sus amigos lo han presionado, aunque sea sin querer. Escoge unos cuantos pares de un estante y una vendedora joven le muestra dónde hay un probador diminuto. Primero se prueba unos grises y sale para mostrármelos mientras se mira delante de un espejo de cuerpo entero. Por delante están bien, pero al girarse se nota que la parte del culo y de las caderas le queda un poco holgada. Él también se percata de los fallos y vuelve a entrar para probarse el otro par. Si bien es de corte similar, esta vez todo le queda más ceñido; de hecho, demasiado ceñido para mi gusto. Se prueba otros dos más y llego a la conclusión de que todos son demasiado ceñidos, no me imagino cómo se los podría quitar alguien sin acabar poniéndolos del revés. No les veo el atractivo a los vaqueros tan ceñidos en los hombres, la verdad. Sin embargo, como a él sí que le gustan, el último par sería el mejor, si es que tiene que comprar algunos.

—¿Qué te parecen?

Sí que le quedan bien. Son oscuros, con las rodillas desgastadas. Le acentúan los muslos y, por detrás, los gemelos más que el culo, lo cual hace que los vaqueros sean para hombre de forma inequívoca. Aquella mañana en Nueva York, me preguntó si todavía me parecía sexi cuando lo vi vestido. Yo no había considerado la idea de que el atractivo de alguien pudiera desaparecer al ponerse la ropa después de que a uno le haya gustado lo que oculta. Según lo veo yo, si sé cómo es un hombre desnudo, podría ponerse una bolsa de basura y me seguiría pareciendo sexi.

—Tú decides —le digo.

143

Se echa un buen vistazo en el espejo y se gira a un lado y a otro.

—Casi casi, pero no me convencen del todo —dice. Miro el precio y «casi casi» que son trescientos dólares. Al final no se los compra.

Después de la tienda de ropa, me lleva al Village Vanguard, una tienda enorme nombrada en honor al club de jazz de Nueva York. Está llena de comida para picar, peluches, cachivaches y recuerdos varios. Nos probamos gafas de cerebritos con ojos falsos y nos reímos el uno del otro. Es como estar en un montaje de una peli antigua. La tienda tiene tantísimos artículos que, después de un rato, lo veo todo borroso por la sobrecarga sensorial. Nos marchamos y volvemos a los callejones una vez más. Cree que me gustarán los muebles antiguos, así que vamos a unas cuantas tiendas polvorientas que venden muebles y menaje de cocina clásicos. Entramos en varias tiendas de ropa clásica, una de las cuales se llama New York Joe Exchange. Todas estas referencias a Nueva York me hacen gracia, pero los japoneses tienen una identidad tan fuerte que no transmite la sensación de que estén imitando la ciudad.

Fuera del New York Joe, Landon me dice que tiene que contestar a un mensaje que le ha llegado y cruzo la calle para darle un rato. Me quedo delante de un restaurante en el lado opuesto a la tienda; no tiene ventanas, salvo por un acuario instalado en la pared exterior. Tiene seis o siete *fugu*, cada uno de ellos de casi medio metro de largo, nadando en calma. Son una especie de pez globo, una exquisitez culinaria que contiene un veneno mortal, de modo que un chef necesita una formación especial para prepararlos, no vaya a ser que se cargue a algún cliente. Tienen motitas en los costados y la parte inferior de un tono blanco brillante que me hipnotizan en lo que nadan de aquí para allá.

144

Unos segundos después, salgo de mi ensimismamiento y me doy media vuelta. Lo veo dale que te pego con el móvil, en el mismo sitio en el que lo he dejado. Sin embargo, como de costumbre, es muy consciente de mí, por extraño que sea, y alza la vista como si lo acabara de llamar. Me mira fijamente y tiene unos ojos muy claros a la luz del sol. Lleva la misma combinación de bomber encima de una chaqueta tejana, vaqueros oscuros y deportivas Vans. Por la razón que sea, me llama la atención el paraguas transparente que le cuelga del brazo izquierdo y algo me dice que tengo que hablar con él.

Guarda el móvil y seguimos paseando por la calle. No sé muy bien quién lleva a quién hasta que pasamos junto a la cafetería Use. La Harley-Davidson de siempre, como de costumbre, está aparcada delante. No nos miramos ni nos decimos nada, sino que entramos sin más y, al ser sábado, la cafetería está más llena que las otras veces que la he visto. A pesar de eso, nuestra mesa preferida del rincón de atrás está vacía y ocupamos el lugar de siempre, con Landon junto a la pared con las piernas de lado. Cualquiera diría que hemos cumplido con esta rutina un millón de veces; es como si hubiéramos comprimido años de estar juntos en menos de una semana.

Una chica se nos acerca a darnos el menú y se marcha. Landon murmura no sé qué sobre la leche y no lo oigo bien. No sé ni lo que quiero. Ni me acuerdo de lo que pedí la otra vez cuando vuelve la camarera a por nuestra comanda. A estas alturas, lo único en lo que puedo pensar es en qué debería decir, en cómo puedo empezar. Ya han pasado días desde que estuve bajo los cerezos en el río, abrumado por aquellas ansias de volver a verlo a pesar de haber pasado el día y la noche anterior con él. Con todo lo que ha ocurrido desde entonces, lo que sea que tenga que decir se ha vuelto más profundo y

145

complejo. Tan complejo que el sexo ya no es solo sexo, sino algo más. No me cabe la menor duda de que es algo más.

—Oye, sobre lo de antes... Tengo demasiadas cosas dándome vueltas por la cabeza, como ya sabes. Y es más que lo del visado. Me gustas de verdad. Te encuentro muy atractivo. Pero es más complicado que eso.

Busco las palabras apropiadas para seguir, para decirle que, desde que lo conocí y más aún desde que he pasado estos días con él, lo que siento ha crecido y se ha vuelto tan poderoso que me ha dejado como a la deriva. Parece muy fácil de articular, solo que ahora mismo, cara a cara en la cafetería Use, me cuesta más entenderlo y encontrar las palabras que quiero decir.

—Me gustas —dice antes de que pueda seguir yo—. Me gustas, pero siempre llego a un límite de lo mucho que me puede gustar la persona con la que me acuesto. Nadie ha conseguido pasar de ese límite desde hace unos cuatro años ya. Antes de eso no era tan complicado.

Lo que acaba de decir me deja perplejo. Por un instante, creo haberlo oído mal, pero no, sí que lo ha dicho. No sé qué pensar. ¿A qué viene eso? Debe de haberse imaginado que estoy intentando poner punto final a lo que seamos, y no es eso. Es solo que no quiero que crea que ya no me gusta solo porque no he podido seguirle el ritmo en la cama. Sí que me gusta y no quiero que piense lo contrario. Sin embargo, es como si hubiera llegado a ese punto antes que él, por lo que ha decidido pasar a la ofensiva y ha sacado el tema este de los límites.

¡Pero si no te estaba pidiendo que me quisieras!

Entonces lo veo muy claro, por mucho que me entristezca: para él sí que es un juego. En mis adentros he empezado a creer que él estaba jugando, quizá no al principio, pero al final sí que se acabó convirtiendo en un juego, y me cuesta admitir que yo mismo tenía razón. He sido el más crédulo del mundo

146

y lo sigo siendo tanto que, en lugar de explicarle mejor lo que acabo de decir, me tiro de cabeza a la trampa y le permito que lleve la conversación por ese derrotero.

—¿Y ya he llegado al límite ese?

—Ya casi —dice—. Es como que tengo una especie de TDA sexual. Problemas de concentración, digo. No necesito variedad, lo que necesito es que se entienda que a veces tengo mis momentos y otras veces no.

«A veces tengo mis momentos y otras veces no». Lo dice el que gotea como un arce al sacarle la savia. Pedazo de mentira que me ha soltado. Un TDA sexual, dice. Qué absurdo. No he oído hablar de eso en la vida. De hecho, si alguien sufriera de eso, sería yo y no él.

Sea lo que fuere que te pasa, tengo una cosa por seguro.

Viene la camarera con una bandeja y deja las tazas en la mesa, con un tintineo contra los platillos, como si temblaran de miedo ante lo que estoy a punto de decir. La chica nos da la espalda y se aleja.

—Nunca te has quedado el tiempo suficiente en una relación como para que alguien se diera cuenta de que aprietas la mandíbula al dormir.

Se me queda mirando sin expresión, como si hubiera soltado un comentario sin importancia sobre algo que hemos visto paseando por la calle. ¿Cómo puede ser que no le haya afectado nada? Nadie se lo ha dicho, durante cuatro años de acostarse con quien sea, porque ninguna de esas relaciones ha sido lo bastante profunda, larga y significativa.

Me pongo a beber café para evitar mirarlo a los ojos. Miro en derredor, por todo el local, con tal de no mirarlo a él. Me quedo observando un estante alto que hay encima de la puerta, cerca del techo, con una colección de lámparas Coleman, molinillos y tostadores de café. Me percato de que nuestra

147

mesa es un pupitre maltrecho y de que los divisores de los reservados son cristales de ventanas con marcos de madera. Todo lo que hay en el establecimiento parece estar sacado de casas construidas hace cien años. Sin mirarlo directamente, me doy cuenta de que aún no ha tocado el café siquiera, que suelta vapor desde la taza. ¿Cómo se me ha podido olvidar? La dichosa lengua de gato. No puede con la comida ni con la bebida calientes, solo que esta vez no tiene nada de gracioso. Bebe sin molestarse, casi con desdén o rechazo hacia mí. Nos quedamos sumidos en un silencio interminable y sin expresiones, bajo unas sombras serias y a merced de Chet Baker, cuya trompeta suena con una tristeza innegable y cuya voz es como un puñetazo en el estómago. No sé cuánto tiempo más podré soportarlo. Me levanto para ir al baño y tardo más de la cuenta. Cuando salgo, antes de volver a sentarme, lo veo a través del divisor de cristal y su imagen queda partida en vertical y deformada. Está dividido en trozos como si fuera varias personas en un intento vano por formar una sola. No le distingo la cara, pero alza la vista y cinco ojos azules me devuelven la mirada.

—No quiero parecer condescendiente —me dice cuando me siento—, pero la gente a la que le gusto acaba superándome muy deprisa.

Dígase: «No vas a cortar conmigo, porque yo estoy cortando contigo».

Es de lo más mezquino y molesto. Ha vuelto a desplegar esa modestia burlona una vez más. O quizá sea solo su estilo y ya está, no tengo cómo saberlo. Sin embargo, por si es real, una deficiencia de autoestima sincera, me impido decirle algo con mala leche o sorna porque me importa.

—Deberías dejar de hacer eso, ¿sabes? El subestimarte así. Vales más de lo que crees.

Pedimos la cuenta y la camarera nos deja una bandejita de madera con un trozo de papel encima. Dejamos el dinero y nos ponemos de pie para marcharnos. Pasamos junto a la barra y por debajo del estante de lámparas antiguas y él desliza la puerta principal. Salimos a la calle y nos quedamos al lado de la moto.

—No quiero que lo dejemos así —le digo.

Me mira con intensidad, como ha hecho antes, cuando creía lo que decía, cuando no pensaba que estaba jugando a nada y soltando tonterías como lo de los límites y el supuesto TDA sexual. Me preparo porque, por la razón que sea, sé que voy a creer lo que me diga ahora. Sea lo que fuere, lo creeré.

—No me imagino que puedas dejar la vida que ya te has labrado.

Y gana él. No solo porque es cierto, sino porque es indiscutible. Imagina que llegamos a esa tesitura: ¿sería capaz de mudarme aquí? ¿De olvidarme de Nueva York? Supongo que no. Tal vez el visado lo termine decidiendo por mí. Aun así, quiero que la decisión de irme o quedarme sea una que tomo yo. Si fuera algo que el mundo ha decidido por mí, no podría llegar a superar que no fuera por iniciativa propia. Debería alegrarme de que no vayamos a llegar a eso. Ni a nada cercano a eso siquiera. Con la moto por testigo, las palabras que oigo van al grano con una finalidad absoluta. «No me imagino que puedas dejar la vida que ya te has labrado».

No tengo nada más que decir. No sé qué decir, vaya. En silencio, recorremos la poca distancia que nos separa del cruce con el semáforo inútil en el que estuvimos hace unos días. Cruza derecho a su piso y, aunque sé que yendo a la izquierda llegaré a Piso con Vistas, como me dijo, estoy igual de desorientado que el día que me enseñó la zona.

CAPÍTULO TRECE

Había organizado una llamada con mi compañera de trabajo Deniece antes de que ella se fuera a sus compromisos para cantar que tiene cada sábado, algo que me viene de perlas porque sigo con un desfase horario de caballo y permanezco despierto a horas intempestivas. Le explico la situación en general.

—Así que necesito el número de *likes*, comentarios y visualizaciones relacionados con las cifras de ventas —le cuento—. Y claro, una reseña halagadora sobre lo que he hecho, que diga que se me ocurrió lo del desafío de cafeterías, que hemos conseguido más seguidores, cosas así.

—*Ya sé lo que necesitas* —me contesta. Me la imagino guiñando un ojo.

Deniece lee e interpreta nuestros análisis, y esa información ha de proceder de un puesto con autoridad en la empresa. Como directora de marketing sénior de Blue Liberica, tiene la potestad de firmar documentos con el sello de la empresa y dar fe de cómo trabajo.

Antes de dejar la oficina durante el fin de semana, mi diligente abogado me mandó una lista de documentos que necesitaba para volver a enviar mi petición a la oficina de inmigración.

—*Nos iría muy bien que pudieras recabar lo mejor que hayas hecho en el trabajo y las estadísticas que lo corroboren. Tenemos que demostrar que lo que publicas o escribes para tus campañas de marketing da resultados. Todo eso nos ayudará.*

Me he alegrado de que (al menos en mis cuentas personales) no esté en una vacua búsqueda de *likes* y seguidores como les pasa a muchos en las redes sociales. Y, aun así, que se me permita quedarme en Nueva York o no se va a decidir por eso mismo. Pienso en mi etapa universitaria en Manila, cuando estudiaba Marketing, y no me imaginaba que iba a existir algo como las redes sociales. Por aquel entonces íbamos a la biblioteca a navegar por la red en unos ordenadores beis enormes con pantallas en las que todo el mundo lo veía todo. No pasábamos todas las horas del día delante de la pantalla, y ahora nuestra vida entera depende de eso. Por suerte, podemos entregarnos a nuestros placeres inconfesables en la privacidad del móvil de cada uno.

—Me imagino que lo del desafío de las cafeterías ha sido lo más popular. Debe de tener un buen número de seguidores. Perdona que te moleste con todo eso.

—*No pasa nada* —responde ella—. *Conozco bien tu relación de odio-odio con las redes sociales.*

Lo entiende. Como cantante, gana cierta pasta añadiendo pies de foto absurdos como «¿Qué opináis? ¡Os leo en los comentarios!». La oigo tecleando notas en el ordenador y me la imagino con sus largas uñas artificiales como un cangrejo caminando de lado.

—*Vale* —añade—. *Te lo tendré todo listo el lunes.*

—Muchas gracias.

—*Buena suerte, cariño. Ya me dirás cómo va todo. Te echo de menos.*

Le he contado a Gabriel cómo avanza el tema y está muy preocupado, aunque no lo suficiente como para proponerme matrimonio. Me conoce muy bien y encuentra el punto medio perfecto entre la preocupación y el optimismo con el que me dice que todo va a acabar saliendo bien. Sí que he recibido un

151

par de propuestas de matrimonio, una de una amiga hetero a la que conozco desde hace un porrón de tiempo. Me mandó un mensaje en el que decía *Podemos casarnos así sin más.*

El otro es de parte de un excompañero de trabajo llamado Michael que dejó el curro para hacerse peluquero a tiempo completo. Hacía tiempo que quería saber cómo me iba la vida, así que lo llamé después de terminar de hablar con Deniece.

—*Hola, cielín* —me saluda. Le gusta llamarme así, aunque sea poco común en un oso con barba como él.

Michael es un alcohólico en recuperación que hace poco que ha vuelto a beber. No diría que ha tenido una recaída, porque no es que necesite beber sí o sí nada más levantarse, pero sí se toma una copa después del trabajo, que debería ser ahora mismo. En general es muy tranquilo y amable, pero da un poco de miedo cuando va piripi, en especial cuando tiene las tijeras en la mano.

—*Mira, justo estaba pensando en ti. Y me decía «¿Sabes qué? Me casaría con él». Me casaría contigo si lo necesitaras* —sigue.

Ahora sí que sé seguro que está borracho, aunque también sé que lo dice en serio. Es un buen amigo, pero es una persona complicada, casi tanto como el proceso en sí. Es algo que solo debería considerarse como último recurso, cuando todo lo demás sale mal. El proceso de matrimonio dura varios años y requiere un gran compromiso para seguir con el fraude. Por ejemplo, a mí me cuesta recordar de dónde es él, y eso es algo que uno tiene que saber sí o sí, además de toda una ristra de información personal más. Siempre confundo Albany con Búfalo, y solo me acuerdo porque es su plato favorito.

«Búfalo —me suele corregir—. Como la salsa de las alitas».

—Gracias por la propuesta, en serio —le digo—. Si no me sale bien el intento, nos lo miramos.

Después de colgar, me doy un rato para empaparme de Piso con Vistas. Abro la ventana para que entre la luz y me quedo mirando el árbol que siempre está ahí, pase lo que pase. Me distraigo y me pongo a pensar en Landon. ¿Por qué siempre termino pensando en él? En cuanto me tomo un momento para mí mismo, vuelve a meterse de por medio.

Me llega una foto de Sebastian en Singapur. Está medio metido en una piscina con Christian, sonriendo al lado de un puñado de niños con gorros y gafas de natación. *La primera clase*, me escribe. El cambio de profesión de Christian ha empezado con Sebastian a su lado. No tengo ni idea de cuánto tiempo va a poder seguir viviendo esa doble vida; de todos modos, claro que quiero que sea lo más feliz posible, pero ¿cómo se sabe eso? ¿Cómo se entera uno de que está siendo lo más feliz posible?

Me da la sensación de que Nueva York está a un mundo de distancia y, por muchas ganas que tenga de volver, me queda un día entero en Tokio. Hoy. Mañana me iré. La felicidad que tengo aquí será distinta a la felicidad que tengo en otros lugares. Entiendo que la situación entre Landon y yo ha cambiado. Si la vida de cada uno siguiera una órbita, lo más que nos hemos acercado el uno al otro ya es cosa del pasado. Ahora nos estamos alejando y, a juzgar por lo que ocurrió ayer, lo que sea que hayamos tenido ha llegado a su fin.

Si tuviera siquiera una pizca de amor propio, no volvería a hablar con él. Todas esas paparruchas que me contó, lo del TDA sexual y el límite, son absurdas. Me enfadan, me sacan de quicio. Si bien me frustra que todo haya acabado así, no me arrepiento de haber venido a Tokio. Y, después de todo lo que me ha dado esta semana, la belleza que me rodea y la alegría que me ha llenado el corazón, sé que sí que me arrepentiría de no aprovechar la oportunidad para verlo. No solo me queda un día en Japón, sino que no estoy a más de diez minutos de distancia. Si me desprendo de las farsas y del orgullo, si cedo a ese deseo básico y profundo, debo decir que mi deseo más feliz y sincero sería verlo durante tanto tiempo como pudiera. Y es por eso que, por errada o mal encaminada que sea esa felicidad, por muy llena de contradicciones que esté, intento hacer caso omiso de la indignación y de la vergüenza para preguntárselo.

—Solo me queda un día —le digo por teléfono—. ¿Podemos aprovecharlo todo lo posible?

—*Claro* —responde.

—Tengo que dejar el piso mañana a las nueve de la mañana, pero el avión no sale hasta las cinco de la tarde. Así que he pensado que podría pasar la noche contigo para no tener que ir tan temprano al aeropuerto. Y tendré todo ese tiempo para estar contigo.

En parte, espero que me diga que no, para salvarme de mí mismo. Sin embargo, por increíble que parezca, no es así.

—*Vale, no hay problema.* —Y, aunque parezca más increíble aún, añade—: ¿*Te apetece venir ahora? Aunque esta tarde he quedado para ir a una fiesta, eso sí.*

Sí, ya sé que estás ocupado y eres muy elusivo y misterioso y un puto enigma con patas.

—¿Te parece si me avisas cuando vuelvas? Puedo ir cuando sea, no quiero fastidiarte el día. Como decía, tendré tiempo mañana, a menos que estés liado.

—*No, los lunes tengo la clase a las seis y media.* —Como el lunes *pasado, sí. Y acabas a las nueve y media,* pienso—. *Puedes venirte ahora.*

—Vale, pero no ahora mismo —respondo—. Que tengo que hacer las maletas aún. Voy en cuanto acabe.

¿En qué clase de persona me he convertido? Idiota es lo que soy, pero es que no puedo evitarlo. Me alegro de poder

154

pasar ese rato con él y, a pesar de las dudas que tenía yo, parece que lo va a hacer por pasárselo bien. O sea, si no quisiera volver a verme, no me habría contestado al teléfono, ¿no?

Hago las maletas con prisa y repaso con cuidado las instrucciones para dejar el piso, porque no quiero que me pongan en la lista negra. Con mi mochila de deporte echada a un hombro, cierro la puerta de Piso con Vistas y voy para su casa.

—Ponte cómodo —me dice. Dejo las maletas delante de la shoji.

—Espero no ser mucha molestia.

—No te preocupes. —Hay algo distinto en su comportamiento y en su forma de hablar. Intento charlar un rato y lo encuentro distante y taciturno adrede. No me mira a los ojos, guarda las distancias. Trato de que no me afecte porque ha sido él el que me ha pedido que viniera, y con prisa además—. Espero que no te moleste que me ponga a recoger mientras estás por aquí.

—Claro que no. Si te puedo ayudar con algo...

—No hace falta. Un pisito tan pequeño se recoge en un pispás.

—Pero tampoco puedo quedarme sin hacer nada. ¿Y si lavo los platos?

—Bueno, vale —concede.

En un arrebato frenético, se pone a pasar su aspiradora Dyson sin cable. Se dedica a organizar su papeleo, aunque con un estilo un tanto chapucero. Luego se mete en el baño y cierra la puerta. Oigo el agua y luego ruidos como si estuviera perdiendo una pelea contra un gorila. Sale desnudo y mojado. Le entrego la toalla.

—No cierres la puerta —me dice—. Que se seque un rato.

Me asomo y veo que el asiento del retrete, la tapa y los estantes, hasta el espejo, están goteando. Resulta que lo ha

155

lavado todo con la ducha y se ha dado una él después. Puede que haya tenido razón sobre por qué esos baños son todos de plástico. El propio Landon gotea sobre el suelo y, si le hubiera regalado otra cosa para su cumpleaños, habría sido una alfombra de ducha. Como no tiene, me imagino que usa la toalla para secarse los pies. Eso no augura nada bueno para mí, porque sé que la voy a compartir más tarde.

Tras secarse, se pone unos bóxers limpios.

—¿Qué te parece esta? —me pregunta, sosteniendo una camisa a cuadros gris y de manga larga. Ya es la segunda vez que me pregunta lo que opino sobre una prenda, así que debe tenerme en cierta estima.

—No te la he visto puesta nunca —digo, y me enorgullezco de contestar de forma oblicua para imitar su frialdad.

Se pone de rodillas frente a la tabla de planchar y la plancha con cuidado. Me duele verlo en esa pose incómoda, como un saltamontes.

—Necesitas una tabla mejor.

—¿Como cuál?

—No sé, una que te llegue a la cintura a lo mejor.

Me encojo de hombros, y él sonríe para sí mismo. No entiendo por qué tiene que ser una sin patas, aunque tal vez se supone que hay que colocarlas sobre una mesa. En cualquier caso, no está pensada para un europeo de extremidades largas. El proceso es brevísimo y torpe y no tarda nada en colgar la camisa.

—¿Cómo lo he hecho? —Sostiene la percha para mostrármela.

—Diría que muy bien. —A pesar de todo, me saca una sonrisa. Es un vistazo a lo que teníamos antes.

—¿Tienes algún plan para hoy?

156

—Voy a Kagurazaka —me apresuro a contestar, no vaya a ser que crea que me pienso aferrar a él hasta que me vaya de Tokio—. Saldré en un rato.

—¿Qué hay en Kagurazaka?

—Una cafetería.

Me he decidido a encontrar la misteriosa cafetería neozelandesa. Puede que la conozca o que pueda ayudarme a dar con ella, pero no me molesto en pedírselo ni en darle más información de la necesaria. Al fin y al cabo, me da la sensación de que le resbala. No muestra ningún tipo de preocupación por lo de mi visado, tiene cero ganas de conocerme de verdad. No me pregunta nada sobre mí ni sobre mi familia.

A veces me pregunto cómo puede ser que alguien que se preocupa tanto por los problemas que afligen al mundo (que habla sobre la vigilancia del gobierno, sobre las protestas para ocupar Wall Street y que republica artículos de superioridad moral) puede mostrarse tan indiferente con personas a las que conoce de verdad. Cuando le hago caso con esos debates tan agotadores, hasta cierto punto no puedo meterme del todo porque me parece lo más idealista de la vida. Hasta que cumplí los treinta, yo también era así, pero entonces crecí y me di cuenta de que, por muy romántica y radical que suene una revolución (resumida en una palabra, en un eslogan o en una imagen que se puede colgar en el dormitorio de la universidad o publicar acompañada de un hashtag de moda o un meme), no es realista. Sé cómo funciona porque ya he estado en ese proceso. Pasé por una en 1986. Los cambios no se producen de la noche a la mañana gracias al frenesí eléctrico de una sola manifestación. Y, aun así, aquí estoy, culpable de creer en ese mismo principio, solo que en el ámbito del amor y las relaciones.

¿Qué es lo que quería que ocurriera? Sé que estoy actuando según mis impulsos más internos, pero me pregunto por qué

157

me ha permitido ver todo esto. Podría haber venido mucho más tarde, incluso en plena noche, cuando ya hubiera terminado su fantabuloso fiestón para que pudiera pasar el menor tiempo posible conmigo. Qué rápido ha cambiado todo en unos pocos días. Ahora seguimos una extraña dinámica en la que quiero estar con él y al mismo tiempo estoy resentido, mientras que él me pide que venga lo antes posible y, cuando llego, se muestra frío y distante. ¿Por qué me ha dicho que sí? Bien podría haberse negado.

Se me pasa por la cabeza que a lo mejor disfruta de mi compañía. Solo que no, no puede ser, porque existe el dichoso límite. Si de verdad le gusta, ¿tanto le cuesta mostrar el mismo entusiasmo que he mostrado yo? Porque todavía no he visto ninguna prueba de ello. ¿O está siendo educado? ¿Se siente obligado a ayudarme con lo del horario del viaje? No he venido solo porque sea conveniente, le he dejado muy claro que quería aprovechar al máximo el poco tiempo que me queda. De verdad me gustaría pasarlo con él.

—Toma, te daré esta llave por si tienes que volver antes.

Me da una llave sin llavero en lo que resulta ser un cambio muy grande de su comportamiento anterior respecto al piso. En enero me dijo que «podía ir a verlo a su estudio diminuto», cuando estaba planeando el viaje. Y, cuando le pregunté cuánto tiempo podía pasar allí, me dijo que su propietario no veía bien que sus inquilinos tuvieran invitados. Y de ahí lo de Piso con Vistas. Más adelante, caí en la cuenta de que había dicho «ir a verlo» en lugar de referirse a quedarme con él, y me dio vergüenza lo que le había preguntado. Claro que por aquel entonces solo habíamos pasado una noche juntos y él no tenía cómo saber que yo no soy un loco asesino. Aun así, desde que he llegado ya he estado tres veces en su piso y hoy voy a pasar la noche aquí. Seguro que le caigo bien o se fía de mí, ¿no? Ha omitido cualquier intento de furtividad, por lo que lo del propietario debía de ser mentira.

Me preparo para irme hacia Kagurazaka.

—¿Por dónde vas a ir?

—Tomaré el tren en Sasazuka.

—Te acompaño, yo voy hacia allí también.

Landon se queda mirándome como si esperara que le hablara más sobre mi plan, pero al mismo tiempo tiene aires de indiferencia. Me cuesta mucho leerlo hoy. Sí que me ha dicho que tenía que ir a una fiesta, así que no veo ninguna necesidad de contarle nada más. Si bien creía que iba a irse mucho más tarde, se pone la camisa recién planchada y unos vaqueros negros. En la puerta, nos ponemos los zapatos. Va al balcón para desatar su bicicleta de la baranda y luego bajamos juntos. Cuando pasamos por la puerta baja, sigo sin él, porque me imagino que va a ir en bici.

—¡Espérame! —dice.

Me detengo un instante para que me dé alcance. Camina sujetando la bici hasta el final del callejón, los cien pasos de trayecto que son. No lo entiendo. No sé por qué lo hace. ¿Acaso disfruta de la tortura? ¿Se lo pasa bien tentándome consigo mismo? Al ponerse delante de mí y luego negarme la satisfacción. Me parece raro que no estemos hablando y detesto la cháchara insulsa, pero no me queda otra opción.

—¿Y a qué fiesta vas?

—Es para un amigo. Es su cumpleaños.

¿O el tuyo?

Llegamos a una avenida cuyo tamaño me toma por sorpresa.

—Parece que tengo que cruzar por aquí —le digo.

Me mira con semejante solemnidad que parece estar a punto de decirme algo. No sé si espera que le pida que me acompañe a Kagurazaka; a lo mejor quiere que se lo pida solo para tener la oportunidad de rechazarme. Seguro que es algo que le encantaría hacer, para recordarse el poder que ejerce sobre mí. Al final, el miedo que me da sufrir otro rechazo es demasiado grande como para superarlo y no le digo nada. *Si tantas ganas tienes de venir, pídemelo tú. Por favor, pídemelo.*

—Pásatelo bien en la fiesta —sigo.

No ha dejado de mirarme. Una punzada de preocupación me pasa por el cuerpo y el rugido de la avenida suena más alto de repente. Unos segundos después, se sube a la bici y pedalea hacia Yoyogi-Uehara. Lo observo por un momento y una parte de mí, pequeña pero insistente, se arrepiente de haberlo dejado marchar. La hago a un lado de inmediato. No quiso venir al *hanami*, no quiso salir conmigo en su cumpleaños y no va a venir a verme a Manila. Le he pedido si podía quedarme con él porque aquí en Tokio ese piso es mi lugar más feliz. ¿Y eso es todo? ¿No va a ser mejor que lo que hemos tenido hoy? Espero que mañana sea un mejor día. Más le vale que sea un mejor día.

Miro hacia delante y el semáforo cambia. El tráfico veloz se detiene por un momento y cruzo la carretera. Veo un cartel que reza OHARA. En el otro lado, sigo recorriendo calles tranquilas y cada vez más angostas. Ohara parece exactamente igual que Shimokitazawa; de vez en cuando veo los outlets que me suenan y las pequeñas tiendas de barrio. Según el mapa, la estación de Sasazuka no debería quedar muy lejos, no tardaré mucho en llegar. Sin embargo, es la primera vez que paso por aquí, y la primera vez siempre parece que todo está más lejos.

160

CAPÍTULO CATORCE

He visto estaciones más imponentes que la de Sasazuka, desde luego, y, aun así, la sensación de vacío y de extrañeza sigue siendo enorme. ¿Qué he conseguido en este viaje? Tal vez sea más fácil de ver cuando piense en ello en retrospectiva, cuando vea la ciudad desde el avión. Me digo que debo encontrar la cafetería para recobrar cierto propósito, que quizá si la encuentro habré conseguido al menos eso.

A pesar de lo mucho que he investigado, no he dado con una dirección concreta, sino que solo tengo varias indicaciones de una traducción chapucera. Por muchos avances tecnológicos que se hayan producido, la traducción automática entre idiomas occidentales y orientales deja mucho que desear. La traducción entre idiomas europeos me parece excelente, pero, con su alfabeto propio, las traducciones del japonés son un desastre. Veo una frase de solo cuatro caracteres que se traduce como «es el que quien es el que quien es el que». Me deseo buena suerte a mí mismo.

Supongo que podría haberle pedido ayuda a Sayumi, pero me he metido tanto en la búsqueda que se ha convertido en mi cruzada personal. En cierto modo me alegro de que no todo en Tokio esté en el mapa, con etiquetas claras o disponible en Street View para que lo vea todo el mundo, porque aún hay lugares que descubrir y experimentar en la vida real.

Llego a Kagurazaka sin problemas. Empiezo mi búsqueda cuesta arriba en Kagurazaka-dori, por delante de tiendas que ya me suenan, el Cinta Giratoria y la tienda de sombreros en la que, contra todo pronóstico, logré comprarme uno el verano pasado. Recorro los callejones más angostos en busca de la cafetería y me topo con restaurantes y bares que me llaman la atención por el camino. Tras una hora o así, acabo volviendo a mi punto de partida. He empezado a dudar de mí mismo y creo que no la voy a encontrar nunca. Quizá debería pedirle ayuda a alguien de la zona, o, como es mi último día, olvidarme hasta la próxima vez que venga. Quién sabe cuándo será eso.

Me doy por vencido y camino cuesta abajo hacia el Canal Café para descansar. Ya hace bastante frío como para estar fuera, y a estas horas de la tarde el sol se esconde por Kagurazaka. En cualquier caso, pido una mesa junto al canal y, por suerte, las lámparas de calor están encendidas. El cielo gris y los pétalos de los cerezos que caen sin parar forman una escena triste por primera vez. No se me escapa el simbolismo.

Me digo que, cuando me termine el café, me daré un paseo por Kagurazaka-dori sin presiones ni expectativas. Está a punto de ponerse el sol y, desde la calle, al alzar la mirada, los edificios de ambos lados forman un cañón de luces que enmarcan la estela morada y naranja del sol. Unos árboles delgados sobresalen de la acera estrecha. No sé qué son, pero a estas alturas de la primavera están tan desprovistos de hojas como en invierno.

Llego a lo alto de la subida y cada vez encuentro menos tiendas. Los edificios parecen ser más de oficinas y se nota el cambio en el ambiente. Nunca he subido hasta aquí. Paso por una calle a la derecha que forma una intersección en forma de «T» con Kagurazaka-dori y en la esquina hay un Family Mart. El corazón me da un vuelco, pero, cuando me doy la vuelta, veo que la calle es demasiado corta como para ser la que describen las instrucciones. Al final de esa calle corta, veo un arco *torii* con unos árboles altos detrás. Si hay algo que tengo por

162

seguro en esta ciudad es que detrás de uno de esos arcos siempre hay un santuario. Por mucho que ya haya visto un montón de ellos, el instinto me dice que vaya para allá. Voy por la calle y no, no me encuentro con ninguna cafetería. Como ya me he rendido, opto por explorar lo que hay al otro lado del arco; al llegar, veo que está en otra intersección con forma de «T». El arco marca el inicio de un sendero delineado por lámparas y árboles en flor. Cerca del santuario, el ambiente se vuelve más calmado de inmediato.

A unos pocos pasos del arco está el *chozuya*, el pabellón en el que los devotos llevan a cabo el *temizu*, el ritual de lavarse las manos y la boca antes de rezar. Sayumi me enseñó a hacerlo cuando me llevó al santuario Meiji, por lo que sujeto el cazo con la mano derecha y me echo agua sobre los dedos de la izquierda antes de cambiar de mano y repetir el proceso. Cuando termino, me echo agua en los labios con la mano izquierda. A pesar de que no soy sintoísta ni budista ni tampoco practico ninguna otra religión, me parece increíble que una ceremonia tan simple pueda llevarte, si bien no a la paz interior, a conseguir cierta calma. Cuando llego a la base de las escaleras que me llevarán hasta el santuario, me siento receptivo. Ni idea de lo que voy a recibir, eso sí.

Muy pocas personas van subiendo por esos peldaños de piedra amplios, divididos en tres secciones mediante unos rellanos espaciosos. Este santuario tiene algo distinto. Al llegar a lo alto, transmite una sensación de libertad y escape de la densidad claustrofóbica de la ciudad. El complejo entero está muy bien diseñado, y hasta el edificio gris de cinco plantas que hay a la derecha destaca muy poco. Hay una cafetería estilosa y una galería de arte que se las arregla para no ocupar demasiado espacio. Todo tiene una estética elegante y mínima; seguro que lo han remodelado hace poco.

El santuario en sí, directamente delante de donde estoy, es una estructura baja y de forma cuadrada con un tejado trapezoidal de un color apagado, a diferencia de los tejados tradicionales, que son muy ornamentados. El *haiden*, la parte delantera del santuario en la que se ofrecen las plegarias, queda encerrado en cristal para permitir ver lo que contiene. Miro y, a pesar de que nunca he visto el interior de un *haiden* ni tampoco entiendo esta religión del todo, ansío rezar como hacen los demás. Y ahí es cuando me doy cuenta de que no sé hacerlo, porque el tutorial de Sayumi solo llegó al ritual de la purificación previa.

Doy una vuelta por el santuario y a la izquierda hay una pequeña terraza con unas muy buenas vistas del barrio que hay debajo. Pese a que ya me he perdido la puesta de sol, los colores del cielo están en su punto álgido de saturación. Por debajo de la terraza hay un cerezo enorme y, por la luz, me cuesta ver si los pétalos son blancos o rosados. Vuelvo delante del *haiden*, con la esperanza de descubrir cómo se reza. Una joven japonesa se me acerca y, después de sonreírle, decido preguntárselo.

—¿Puedes enseñarme a rezar?

—Sí —responde, con varias reverencias.

Está encantada de la vida de hacerlo, a pesar de que al principio le cuesta el inglés. Delante del *haiden*, me pregunta si tengo una moneda de sobra. Sí que tengo, y, cuando lanza la suya hacia la caja de madera que queda a la altura de la cintura, la imito. Luego se pone a rezar e imito sus movimientos. Hace dos reverencias, da dos palmadas y luego, con los ojos cerrados, susurra una plegaria. Y ahora me toca a mí. Cierro los ojos y me doy cuenta de que no llego a pronunciar nada; me quedo inmóvil y ansío y saco mentalmente la plegaria que llevo dentro con la fe de que de algún modo, de alguna forma, mi corazón haya hablado por mí. Hacemos una reverencia más los dos juntos para ponerle fin a la plegaria.

164

—Lo haces muy bien —dice con una sonrisa. Bajamos por las escaleras juntos—. Eh, ¿de dónde eres?

—Soy de Nueva York. He venido a ver a un amigo.

—Ah, qué bien.

—¿Cómo se llama este sitio?

—Akagi —responde. Ojalá pudiera recordar la cara amable que tiene, pero hace rato que se ha puesto el sol y la zona queda sumida en la penumbra del final del atardecer. En la puerta, le doy las gracias por haberme ayudado y me despido—. Que tengas un viaje muy feliz —dice con más sinceridad de la que le he oído a nadie.

Casi me echo a llorar al oírla. Concibo el viaje del que me habla no como este en el que estoy, sino como lo que me depara el futuro, los años que tengo por delante, sea donde fuere. He estado en muchas iglesias y demás lugares religiosos, pero la conexión humana que acabo de tener aquí es una experiencia religiosa en sí misma.

Ya en la calle otra vez, miro a la derecha. Junto al arco *torii*, donde la calle gira de inmediato, hay un Lawson. Y sí, está en una esquina. Pero no puede ser. Estoy lejos de Kagurazaka-dori y el callejón donde está la cafetería tiene un Family Mart, no un Lawson. ¿O no es así? Ahora me cuesta recordar lo que leí, es fácil confundirlos. En cualquier caso, como el callejón va cuesta abajo, llego a la conclusión de que es el barrio que he visto desde la terraza del santuario. Voy por el callejón del Lawson y sigo en esa dirección un poco, con cuidado de recordar por dónde paso para poder volver. Me invade una sensación extraña, pero no sería la primera vez que me llevo un chasco, de modo que trato de no tener muchas expectativas. Además, casi no hay ningún negocio en estos callejones enrevesados. Sigue cuesta abajo y, en una pequeña curva, forma una intersección. Y allí, en la esquina más alejada, a mi derecha, hay un cartel vertical en blanco y negro: COFFEE ROASTERY.

Me lo quedo mirando con la boca abierta. La he encontrado. No me lo creo. Me he equivocado con muchas cosas y he supuesto que muchas otras eran ciertas. Para empezar, la tienda no es un Family Mart, sino un Lawson. Qué tonto he sido. Y, además, está más arriba de lo que creía. Lo había planeado todo basándome en un malentendido. Y entonces se me ocurre algo: me suena el nombre. *No puede ser*, me digo. *No puede ser*.

La cafetería ocupa la planta de arriba, y para subir hay que entrar por una puerta lateral de un breve callejón que la corta. Como un autómata, voy hacia la puerta, pero antes de entrar, alzo la mirada por el callejón y al final, detrás de un cerezo, veo un hastial y un tejado que me suena. Aunque tardo unos segundos en darme cuenta, sí que es lo que creo que es: el tejado del santuario. Mientras miraba hacia la ciudad desde la terraza, resulta que la cafetería estaba justo debajo.

Abro la puerta y me encuentro con una escalera de caracol que me lleva hacia la planta de arriba, donde hay otra puerta. Al abrirla, me llega el aroma cálido del café y el sonido melifluo de la leche al espumarse. He llegado. No es un local muy grande ni abarrotado. A la derecha hay una barra de madera preciosa, con forma de tabla de surf, solo que tres veces más larga. En la pared de paneles de madera que hay detrás, unas tazas de cerámica verde cuelgan de unos ganchos situados a intervalos regulares desde el suelo hasta el techo, en forma de cuadrícula. Delante de la barra hay cinco mesas redondas con espacio para dos personas, tres si se apretujan un poco. Las ventanitas dan al callejón, pero desde fuera casi no se ve nada, y el efecto que transmite todo es clandestino y emocionante. Un pequeño recorte de periódico en inglés está enmarcado en la pared entre las ventanas, y al leerlo confirmo mi miedo.

«Coffee Roastery abre su tercer establecimiento en Tokio —dice el titular. Y, justo debajo—: Famosa franquicia neozelandesa invade Japón». Es un artículo de una revista de Nueva Zelanda.

No hay cómo negarlo: es una franquicia. De hecho, me suena el nombre; es una pequeña franquicia de Auckland que se está dando a conocer con sus métodos para tostar el café, solo que tiene un nombre tan genérico que no creía que fuera a estar en Tokio. Es mi mayor decepción y el error más absurdo que he cometido desde que empecé con esto de cazar cafeterías. No me queda otra que reírme de mí mismo por permitir que me afecte tan en serio y de forma tan personal. Me imagino a Tadami diciéndome que me compre un perro para superarlo. Tengo que pedirle que me enseñe cómo se dice en japonés.

Pero bueno, ya que estoy aquí, no pierdo nada probando suerte. Hay una mesa libre y la ocupo. En la barra, pido eso por lo que son conocidos, un cortado neozelandés, así como una tarta de queso hecha de *kabocha*, un tipo de calabaza japonesa. A pesar de esta revelación totalmente inesperada, me sigue picando la curiosidad sobre cómo debe saber un cortado auténtico. Dice la leyenda que fueron los neozelandeses quienes inventaron la bebida, aunque los australianos afirman haber sido ellos. La joven camarera me trae la tarta de queso y el cortado, con la espuma en forma de corazón, que es como lo suelen servir. Doy unos pocos sorbos y... no sé qué pensar.

Quizá mi criterio me haya abandonado por culpa de la decepción. ¿Debería odiarlo? ¿Puedo ser objetivo al juzgarlo? Aunque ¿para qué? Si ya de entrada no ha superado la primera norma. Doy otro sorbo y bien podría ser un *latte* de cualquier cafetería decente a las que he ido. Al menos es fuerte y sedoso; quizás uno de los más suaves que he tomado en la vida.

167

Me quedo mirando la pared que tengo justo delante, donde cuelgan las tazas. Verlas todas de cara al mismo sitio, con las sombras cada vez más largas según se alejan de las luces, me transmite una extraña calma. Miro en derredor y sí, tengo que admitir que, a pesar de ser una franquicia, de ser un establecimiento de entre muchos, este local en concreto es maravilloso. Está superescondido en un lugar inesperado y difícil de encontrar. El ambiente de dentro es perfecto para esos días en los que no quiero saber nada de lo que sucede fuera. Mientras bebo más café acompañado de la tarta de queso, empiezo a disfrutar de haber venido, muy a mi pesar. Si fuera a usar esta cafetería como reto, las tazas que cuelgan serían la foto. Y la pista sería «Más vale kiwi en mano que ciento en el cerezo». Pero no puedo, así que opto por mandarle la foto a Landon.

Me contesta casi de inmediato.

Coffee Roastery, dice. Me quedo anonadado. *Sabes que es una franquicia, ¿verdad?*

No le contesto.

Acabo volviendo a Shimokitazawa antes de lo que debería. Para ser domingo por la noche, el vecindario no está demasiado animado. Después de cenar, voy a la floristería a por una última copa. Hoy hay otro camarero y, como no conozco lo suficiente el idioma como para explicar qué es un French 75, pido un gin-tonic. Admito que estoy intentando evitar tener que ver a Landon. No me entiendo. Le he pedido si podía quedarme con él solo para verlo y no quiero volver. Y ahora me he quedado atrapado fuera, cuando bien podría haber vuelto a Piso con Vistas. ¿Qué me pasa? ¿Cómo salgo de esta? Me temo que los árboles solo me vayan a dejar ver el bosque cuando ya me haya ido. Aunque queda menos de un día para eso, me parece un momento muy lejano. Hace días lo que me daba miedo era el final, me entristecía la imagen de verlo alejarse del supermercado por mucho que

168

solo fuera el principio, la primera mañana, frescos como las naranjas cubiertas de rocío con las que nos echamos unas risas sobre si debíamos trepar el muro para robarlas o no. Estaba tan contento que no lograba quedarme en el presente. Es muy distinto a como estoy ahora, muerto de ganas de salir de esta crisálida con la que yo solo me he envuelto. Tiene que haber algún sentido en esta locura en la que me he metido yo solito, ¿no?

Pido otra copa y, unos minutos después, rodeado de ramos de flores, lloro como un idiota. Lloro y pienso que quizá no se me pase nunca. Pero sí que se me pasa. Recobro la compostura antes de ir a casa de Landon. Pago por las bebidas y camino hacia su piso. Lo encuentro completamente a oscuras, por lo que me imagino que no está en casa, pero, al encender la luz de la cocina, oigo su voz.

—Vente a la cama, cariño —me dice.

Me sorprende que ya haya vuelto, porque tampoco es tan tarde. Me quito la ropa y apago la luz. Voy a la habitación y noto el tatami frío bajo los pies. Me meto en la cama y me tumbo a su izquierda, el lado por el que no oye. En la oscuridad, noto que me acaricia el pelo. Me lo acaricia con dulzura.

—Siento lo de la cafetería —dice.

—No es lo que me imaginaba, creía que iba a ser distinta de las demás. Más allá de eso, era perfecta.

—A lo mejor puede ser perfecta de otra forma. Quizá puedas saltarte una norma de nada. ¿Cuál era la segunda?

—Que nadie a quien conoces la conozca.

—Ah, pues yo la conocía. ¿Eso cuenta? Nadie a quien conoces me conoce a mí.

—No… No sé.

Sigue acariciándome el pelo.

—¿Y cuál era la tercera norma? —me pregunta.

Me quedo dormido y eso es lo último que recuerdo.

169

CAPÍTULO QUINCE

Era otoño en Nueva York cuando fui en transbordador hasta Greenpoint. Después de que otro amigo se hubiera mudado a aquel barrio de Brooklyn, me imaginé que lo mejor era que les echara un vistazo a las cafeterías de la zona. Podría haber ido en el tren de la línea G, el origen de muchos dolores de cabeza para quienes van al trabajo en tren, pero el transbordador era una forma mucho más interesante de llegar. Desde el muelle II de Manhattan, el transbordador del río East navegaba las aguas y pasaba por debajo de tres de los famosísimos puentes de la ciudad: el de Brooklyn, el de Manhattan y el Williamsburg. Tardé menos de una hora. Por horrible que sea el metro a veces, la ciudad tiene un increíble sistema de transbordadores.

Bajé en Greenpoint y caminé unas cuantas manzanas por la calle India. Estábamos a finales de octubre y sus muchos árboles, a pesar del calor que hacía aún, ya habían empezado a teñirse de naranja. Pasé por delante de casas adosadas y escaleras de entrada y no tardé en llegar al centro del barrio. Me llamó la atención una cafetería con un escaparate azul y amarillo; me recordaba a otra tan cutre como encantadora de la que me enamoré en Crouch End, al norte de Londres, al otro lado de la antigua iglesia que ahora es un estudio de grabación.

El espacio era un poco más grande que el de la mayoría de los negocios a pie de calle de Nueva York y estaba bien dispuesto. Había unos buenos asientos en toda la cafetería, pero

170

el mejor para mí era el que había al final de la barra: esta terminaba de sopetón y dejaba un rincón aislado con bastante espacio para un sofá de dos plazas clásico de color rojo y una mesa redonda baja y de latón. Desde el sofá rojo alcanzaba a ver las últimas mesas, con sillas con reposabrazos, y una pared llena de marcos antiguos que estaban todos vacíos. Junto a la mesa había una lámpara de pie con pantalla roja y luego la entrada a la antesala. La lámpara roja y los marcos vacíos eran muy distintivos y la luz que entraba desde el jardín por la puerta le daba un toque íntimo a todo. Era el punto de vista perfecto para el reto de la cafetería, e iba a ser uno bastante bueno, además. Subí la foto y la acompañé de la pista «mamífero londinense que deambula en solitario» y que aludía al zorro al que hace referencia el nombre del establecimiento.

De las pocas fotos que recibí, la de Landon fue la mejor: tomada con una cámara profesional con un objetivo bastante amplio; mejor que la mía, aunque mostraba el mismo punto de vista, lo cual significaba que en algún momento se había sentado en el sofá rojo del rincón a solas. Y lo más importante de todo: adivinó el nombre de la cafetería, Odd Fox.

Has ganado tú, le escribí. *Impresionante.*

Es que tenemos muchos zorros en Londres.

Tiene lógica que un londinense haya adivinado la pista.

Bueno, antes lo era. Ahora vivo en Tokio.

Anda, qué bien. Justo estuve ahí en verano. ¿Te hospedas por Greenpoint mientras estás en Nueva York?

No, es que he ido a ver a un amigo que vive en el barrio y él sigue esta cuenta. Le sonaba la cafetería, pero no ha podido con la pista. Estadounidense tenía que ser.

Jajaja. Sí, aquí no tenemos zorros. Ratas sí, eso por doquier.

Me gusta tu pelo, me escribió. Debió de haber visto las fotos de los trabajadores. *Oye, ¿puedo mandarte un mensaje privado?*

171

La intriga me llevó a darle mi contacto.

Quiero besarte ahora mismo, fue lo primero que me dijo. *Ya vamos tarde, de hecho.*

Quizá si supiera cómo eres.

Ay, perdona. Me mandó un enlace a una cuenta de redes sociales y sí que me gustó lo que vi.

¿A quién me recuerdas?

A cualquier otro británico.

Parecía tener treinta y pocos años, pero también un aire de seriedad lo hacía parecer mayor. Sin embargo, cuando se le veían los dientes (no necesariamente al sonreír), el hueco que tenía entre los dos delanteros lo hacía parecer universitario.

Eres muy mono.

Tú también. Eres mi tipo. ¿Estás en una cafetería ahora mismo?

No, estoy en nuestra oficina, en Hell's Kitchen.

Acércate a tu jefe como si nada. Noquéalo con lo que tengas más a mano. Huye.

Se me ha escapado. Resulta que ya ha terminado de trabajar hoy.

Mejor. Dime cuándo y dónde te va bien quedar.

Me sentía halagado y bastante intrigado además, pero no me lo tomé en serio. Seguí intercambiando mensajes con él para conocerlo mejor. Tenía curiosidad por saber cómo había acabado viviendo en Tokio.

Hace cuatro años me apunté a un puesto de profesor de inglés. En aquel entonces vivía en Londres y no podía con la situación laboral de allí, así que busqué empleos de profesor en el extranjero. Pensé en ir a China quizá, pero me acabó saliendo lo de Japón. Me lo pensé durante un par de meses y para el verano siguiente ya estaba viviendo allí.

Nos llevábamos bien; era ingenioso y me hacía reír. Tenía ganas de quedar conmigo, pero dentro de un par de días se

172

tenía que ir a Boston. Y mira tú por dónde, yo había estado en Boston en primavera, justo antes de irme a Tokio.

Estamos destinados a no vernos nunca, dije en plan broma.

Si bien no soy muy supersticioso, esa broma me atosigó desde entonces, y, después de que volviera de Boston, no vi mayor motivo para no quedar con él. Sin embargo, entonces fue él el que se puso tímido y no tenía tiempo para quedar. Seguro que había encontrado otros más interesantes a los que perseguir.

Puede que no tenga ningún momento libre. ¡Siento ser tan voluble!

Me encogí de hombros y seguí con mi vida. Un par de días después, me volvió a escribir.

Hola, ¿tienes algún plan para hoy?

Salgo a comer con un amigo en Tribeca.

Me iré mañana. ¿Podría verte en algún momento? Le he prometido a un amigo que cenaría con él, pero antes de las seis y después de las nueve estoy libre.

Vale. Mañana trabajo, así que antes de las seis está bien.

Genial. Estoy en el PS1 del MoMA ahora mismo. ¿Quieres recorrer el High Line conmigo? Y quiero ir a ver el mercado de Chelsea también. Podríamos ir a tomar algo por ahí.

No me apetece lo de caminar, pero podemos quedar en el mercado.

Aquella misma tarde salí caminando desde el East Village hasta el Meatpacking District. Si bien estábamos a principios de noviembre, no había ambiente otoñal. Todo estaba húmedo y nublado, porque una tormenta tropical de finales de estación acababa de pasar. Cómo iba a saber yo que aquella tarde gris iba a presagiar cómo nos iba a ir en Tokio. Si hubiera existido un momento en el que podría haberme dado media vuelta para irme, habría sido aquel. En cualquier punto de mi trayecto podría haberme distraído y abandonado el plan. Podría haberme

173

quedado en el Washington Square Park para escuchar los grupos de jazz improvisados de alumnos de la Universidad de Nueva York o ir a buscar la cafetería del West Village de la que me había hablado mi compañera de trabajo Deniece. Sin embargo, en media hora llegué a las calles adoquinadas del Meatpacking District, y en la Novena Avenida me planté en la entrada del mercado.

Era casi hora punta y el caos del mercado a última hora de la tarde en otoño me consumió sin que yo pudiera hacer nada por evitarlo. El gentío era como un río que fluía en dos direcciones por un pequeño túnel, pero los ojos azules de Landon supieron ver a través del huracán y me vio al mismo tiempo que yo a él. Nos miramos a los ojos y supe que ya no habría vuelta atrás.

Todo lo demás desde aquella noche (los cócteles bajo un árbol en la Décima Avenida, nuestra caminata desde el lado oeste al este de la ciudad, el mitin en Union Square y el tiempo que pasamos en su habitación de hotel) fue poco más que una mezcla de colores e imágenes.

¿Tengo algo por lo que sentirme culpable? Solo estoy ejerciendo el derecho que tengo en una relación abierta. De hecho, había conseguido desprenderme de cosas. Después de muchísimo tiempo hice algo y viví el momento, sin pararme a pensar ni a especular sobre las consecuencias antes de que terminara. Qué diferente fue aquella mañana, porque me abrió los ojos ante la belleza y el miedo.

Landon durmió como un tronco, casi sin hacer ruido, enterrado bajo la colcha con la cabeza fuera. Si mal no recuerdo, aquella noche no apretó la mandíbula. Había mencionado que quería desayunar conmigo antes de irse al aeropuerto, pero lo dejé dormir un poco más. Era demasiado temprano para despertarlo. Volví a la cama y me tumbé a su lado. Al admirar aquel rostro precioso bajo la tenue luz del amanecer, en la quietud del inicio de la mañana, vi que tenía una pequeña cicatriz en el párpado derecho.

Una hora más tarde, le dije que ya tenía que levantarse.

Hizo la maleta y guardó sus quesos.

Nos fuimos del hotel.

Entramos en la cafetería.

Le pedimos el café a Danny.

Hablamos de las reglas sobre las cafeterías.

Danny nos trajo el café.

—Es que tengo lengua de gato —dijo Landon.

—¿Que tienes qué de gato?

Nos reímos de aquello.

Nos reímos de su relación con el ramen.

Nos reímos al imaginarnos animales soplando las velas de cumpleaños.

—Vale, vale —dijo para poner orden—. Que estábamos hablando de las reglas. ¿Cuál es la tercera?

—Ah, sí, la tercera. Que vaya a durar poco. Porque mantenerla en secreto no le va a servir de mucho que digamos.

—Escribir sobre las cafeterías es una ayuda para el negocio, pero entonces va todo el mundo y adiós la paz.

—Si encuentro algo precioso y lo mantengo en secreto, el negocio cierra. —No pude evitar arrepentirme de repente—. La mayoría de las cosas buenas de la vida son efímeras. ¿Por qué será?

—Porque son solo un medio para llegar a un fin mayor que desconocemos —dijo con voz sabia, con sus ojazos azules fijos en mí.

De verdad que había una sensación de arrepentimiento que flotaba a nuestro alrededor. Cuando llegó el momento de despedirnos, nos quedamos en la esquina de la calle 5 con la

175

Segunda Avenida, esperanzados sobre la ligera idea de que íbamos a volver a vernos. Ninguno de los dos creía que fuera a suceder de verdad. Abrió los brazos y me abrazó con fuerza, tanta y durante tanto tiempo que me enterré en él como si no fuera a salir de allí nunca. No quería que me soltara y él lo sabía. Siempre ha sido muy consciente de mí, como una intuición, la sensación de que me estoy quedando rezagado en la calle.

—Louie —susurró—, estoy un poco triste porque mañana no me voy a despertar a tu lado.

Por impresionante que parezca, fue la única vez que lo oí llamarme por mi nombre. Me acunó la cara con ambas manos y me dio un beso antes de que diera media vuelta y me marchara. Si bien no quería enamorarme de él, por Dios, me gustaba muchísimo. En mi nada aconsejable intento de resistirme, fui derecho a la entrada del metro sin mirar atrás, sin verlo subirse en el taxi y desaparecer por la esquina. Conocía muy bien mis puntos flacos, y, si despedirse de alguien que se marcha en un taxi amarillo en las calles del centro de Manhattan en un día otoñal de Nueva York es un momento capaz de desarmar a los corazones más protegidos y hastiados, yo era una causa perdida. Al seguir con mi trayecto y resistirme a las ansias de echarle un último vistazo, creí haberlo evitado, pero sus palabras fueron demasiado poderosas.

Estoy un poco triste porque mañana no me voy a despertar a tu lado.

CAPÍTULO DIECISÉIS

Podría quedarme en la cama ahora mismo para que se despertase conmigo. La *shoji* está un poco abierta y la luz del alba se cuela en la habitación desde la ventanita que hay encima de la mesa de la cocina. La tenue iluminación forma un brillo en el cabello de Landon, igual que hace unos días, cuando cocinó para mí. Le veo la cicatriz del párpado, y con esta luz nunca es tan poco visible como creo. Solo es en esta habitación, a través de la *shoji* traslúcida, que la cicatriz deja ver la seriedad del accidente de bici.

Toda la semana que he pasado en Tokio me he estado despertando muy temprano, y el último día, para variar, me pasa lo mismo. Al igual que en la primera mañana, me lo encuentro durmiendo a mi lado, solo que esta vez está bocabajo, con la cara apretujada contra la almohada y el labio inferior sobresaliendo ligeramente. No aprieta la mandíbula, quizá gracias a la postura. Ahora ya lo conozco mejor y tengo una cosa por seguro: va a tardar un buen rato en despertarse. Siempre se le pegan las sábanas; sin embargo, por nostálgico y sentimental que me parezca quedarme aquí para que pueda despertarse a mi lado, decido salir a dar una vuelta.

Las calles están vacías, como siempre parecen estarlo en esta parte del barrio, aunque, pensándolo mejor, es demasiado temprano para el ajetreo de un lunes por la mañana. Me ha estado incordiando lo deprisa que me fui de Piso con Vistas, por lo que acabo volviendo. Todavía es mi piso, hasta las 09 a. m. Me siento en la cama y estiro una mano para abrir la ventana. Ahí está el árbol. ¿Qué será lo que tiene ese árbol? Es como si me hablara y no tengo ni idea de qué me intenta decir. Ojalá hubiera un significado metafísico pensado para mí, pero me parece una idea absurda. Es un árbol precioso, eso sí, pero al fin y al cabo es un árbol más. No le salen flores ni hace ningún truco especial. Solo está ahí plantado. Es una presencia. Quizá no tiene por qué tener un significado más profundo ni nada más. Solo existe.

En cualquier caso, me empapo de todo porque dudo que vaya a volver a Piso con Vistas. Le echo un vistazo al estudio por si ayer me dejé algo y, debajo de la mesa de la cocina, veo la caja en la que nos trajeron la guía de viaje. Está vacía, con dos solapas hacia arriba y rodeada de cinta de embalar marrón y desgastada. La recojo y, cuando abro la parte inferior para aplastarla, me pregunto por qué me da la sensación de que lo que destrozo no es una caja, sino mi corazón. Aquella tarde esperamos aquí a que nos lo trajeran. Nos tumbamos en la cama para charlar y le dibujé en la espalda. ¿Cómo puedo volver a aquel entonces? Con cada minuto que pasa me alejo más aún. No concibo que, después de la bolsa de Loft, me haya encontrado con otro recipiente vacío que me toca la fibra sensible.

Miro de cerca la pegatina cuadrada y blanca que tiene encima. Está repleta de caracteres japoneses y en la esquina inferior izquierda hay un curioso dibujito de un gato con un gatito en la boca. No entiendo nada más que las palabras escritas en el centro: David James Landon.

Un día, alguien me preguntó cómo lidiaba con la inmensidad de Nueva York. ¿Cómo puedes con tanto? Yo también me había hecho la misma pregunta hacía mucho tiempo, pero no fue hasta que empecé a cazar cafeterías, cuando me puse a dar largos paseos y me retraje hacia mí mismo mientras buscaba en todo momento una cafetería tan perfecta como escondida,

178

que me di cuenta de que lidiaba con el tamaño de Nueva York al saber encontrar el pueblo pequeño que contiene. Desde que lo pensé, he creído que es así. *Pueblo* no tiene por qué ser un barrio entero, bien puede ser una pequeña manzana a la que los turistas ni se acercan, o un restaurante o una tienda que solo conocen los que viven cerca. Según mi experiencia, no duran mucho tiempo abiertos, pero transmiten unas vivencias que perduran y nutren a quien acude a ellos. Busca el pueblo pequeño dentro de la gran ciudad. Muchas veces me he parado a pensar si eso sucederá en otras ciudades también.

Cierro la ventana y le echo un ultimísimo vistazo a la sala antes de irme de verdad. Me empapo de las calles que no he recorrido hasta ahora y veo el vecindario con otros ojos. En una ciudad de catorce millones de habitantes, acabo de llegar a la conclusión de que lo he encontrado. He encontrado el pueblo pequeño dentro de la gran ciudad.

Mi calle, la cafetería Use (que siempre está casi vacía, ¿cuánto tiempo durará abierto el negocio?), el gran supermercado con los cajeros con mascarillas. Y luego está la pequeña panadería que he frecuentado por las mañanas. Si la renombraran cafetería Jet Lag, me parecería lo más apropiado de la vida porque le va como anillo al dedo. Es uno de esos pocos establecimientos que abren muy temprano, junto con la ferretería que vende botas de goma con tacos y demás cosas raras. Está en la esquina entre dos callejones, en un edificio de color melocotón poco atractivo. El interior tiene aires como de comida rápida y los estantes llenos de pan que hay contra el gran escaparate me recuerdan a un Sainsbury's Local en concreto que hay al oeste de Londres. Por suerte, la experiencia no es nada deprimente. No quiero volver a casa de Landon demasiado pronto solo para verlo dormir, por lo que desayuno por última vez en la panadería.

Cuando termino, me alegro de comprobar que he calculado el momento justo: cuando entro, Landon está preparando café en calzoncillos. Tiene el pelo precioso así de despeinado y los ojos azules hundidos y saltones al mismo tiempo.

—¿Has salido a dar una vuelta? —me pregunta.

—Hace muy buen día.

Landon pone un par de cucharadas de granos de café en un recipiente de goteo apoyado en una jarrita de cristal alto. Agrega agua caliente y se convierte al instante en unas arenas movedizas oscuras hechas de amargura. Se queda mirando la cafetera con intensidad, como si le salieran rayos láser de los ojos, con la nariz puntiaguda. Me vuelvo a preguntar si estará enfadado, aunque sé que lo más seguro es que no. Esa solemnidad inescrutable. El café amenaza con desbordarse y al fin, tras varios segundos de tensión, esa exquisitez oscura empieza a gotear de forma constante.

Me sirve una taza y otra para él. Luego va al baño y se pone una camiseta de tirantes y pantalones cortos.

—Voy a salir a correr —dice—, ahora que todavía no he perdido las ganas. Luego nos preparo la comida.

Va a por una sudadera y sale deprisa. Parece que se le da de perlas eso de irse corriendo; en la estación de tren el otro día, se dio media vuelta y adiós, muy buenas. Ahora me he quedado a solas en la cocina, bebiendo café con la mirada perdida en su taza abandonada, todavía llena y humeante. *Tengo lengua de gato.* En el alféizar, veo la postal que le regalé, y el brillo de la luz del sol hace que lo que escribí en el dorso se vea desde la parte de delante, como los grafitis desgastados de las paredes de la cafetería de jazz.

Por un momento, creo imaginarme la cacofonía de la cafetería, pero resulta que el sonido es real. Por primera vez desde que llegué a Tokio, oigo a los vecinos. Es un ruido demasiado lejano como para que venga del piso de al lado, aunque bien podría ser del edificio contiguo. Intrigado, me levanto para ver por la ventana de la habitación y me sorprendo al ver que Landon ha abierto las cortinas. Ha dejado entrar la luz y, por primera vez, lo veo todo con más claridad y brillo. Si bien en la penumbra de esta semana se me han pasado todos los detalles, ante esta luz fría me tengo que enfrentar a toda la realidad y casi me supera la emoción.

Hago la cama y aliso el edredón de rayas con el que me envolvió Landon. En el tatami, al lado del armario, veo algunas de sus camisas apiladas, prendas que solo le he visto llevar en fotos que me ha mandado. Es increíble el *pathos* que me genera esa ropa. Durante los cinco meses que pasé muerto de ganas de verlo, esta era la idea que tenía de él. Era el chico que conocí en Nueva York. El chico al que tanto quería ver. El chico con el que planeaba quedar. ¿Es distinto ahora que lo conozco más? ¿O sigue siendo el mismo porque lo conozco mejor?

También está su camisa más reciente, la de cuadros grises que planchó ayer de rodillas para una fiesta con sus supuestos amigos a la moda. La recojo de la pila y la cuelgo en una percha. No tiene por qué mejorar el fondo de armario. En un rincón veo un bolso de cuero clásico juntando polvo y recuerdo la broma de haber cortado con su novia por el mal gusto que tenía respecto a los bolsos. ¿Cuándo fue eso? Hace apenas una semana y ya me parece una década. Qué raro es que un recuerdo gracioso pueda ser también tan triste.

Como con Piso con Vistas, lo más probable es que no vuelva a ver este piso nunca más. Sin embargo, me reconforto al saber que, mientras viva aquí, Landon me vinculará a este momento, a este testigo silencioso de lo que hemos tenido. Aun así, si se muda, si encuentra esa casa de las afueras que tanto quiere o se va de Japón para siempre, ¿cómo podré estar conectado a este momento y a este lugar? ¿Quién atestiguará, cuando los cerezos florezcan del todo, la belleza que también estalló aquí? Para él, seguro que todo esto no será nada más que un recuerdo fugaz. Yo, por otro lado, lo recordaré todo, desde las emociones más vergonzosas hasta las que me han hecho sentir vivo. Recordaré los detalles más insignificantes, como cuando vuelve de correr, se quita la camiseta y una gotita de sudor le cae por detrás de la oreja por la que no oye bien y se le desliza poco a poco hasta sumarse a otras que le caen por la espalda. Lo recordaré recobrando la respiración, murmurando no sé qué sobre el ritmo cardíaco y diciendo con orgullo que lo había conseguido «antes de desayunar y todo».

Se mete en la ducha y sale envuelto en la toalla azul gigantesca que ha estado compartiendo conmigo. Admiro su cuerpo desnudo de una forma no lasciva por última vez. Me entristece que esto que hemos tenido, esto que ha surgido entre dos personas jóvenes, ágiles y bellas, quizá no vuelva a ocurrir. La vida son dos días, es cierto, y la juventud es más breve aún. Casi no nos da tiempo a nada. Nunca me he concebido como un viejo, pero por primera vez siento que he cruzado la frontera de la juventud.

Como me ha prometido, se esfuerza de lo lindo con la comida. Es una *frittata* coreana, o eso me parece que dice, pero no estoy seguro. Lo ayudo a cortar las patatas.

—Córtalas así —me indica.

Y, aunque sé que cree que se me da peor usar el cuchillo porque soy zurdo, no le digo nada porque quiero que me controle. Por última vez, quiero que haga lo que quiera conmigo, con la misma facilidad que los dos puñados de verduras que se van marchitando en la sartén. Lo veo cocinar más concentrado que nunca, echar los huevos en la sartén con sumo cuidado hasta que empiezan a hacerse.

182

Y entonces me doy cuenta de algo: puede que no sea tan demostrativo como querría en todos los demás aspectos, pero cuando me prepara algo de comer veo cuánto le importo. Ahora sé que lo hace por los dos, para que lo disfrutemos, como todo lo demás que me ha preparado. Siempre se ha asegurado de que comiera algo precioso.

No obstante, cuando llega el momento de darle la vuelta, la *frittata* se parte en varios trozos. Está claro que se ha decepcionado y murmura algo sobre la espátula. La hecatombe me rompe el corazón. Quiero que le salga bien. Le sonrío para animarlo. No quiero que crea que me ha fallado ni que lo tengo en menos estima porque nuestra última comida juntos no es tan perfecta.

—La he echado a perder —dice mientras la sirve.

—Seguro que sabe igual de bien.

Se sienta a mi lado como siempre.

—*Itadakimasu* —dice.

Comemos en el mismo plato, como de costumbre, y casi me echo a llorar. No sé si estoy triste porque me voy o si es porque me voy y él no parece estar triste. Como todo lo demás que me ha preparado, está riquísima.

—Te debo un montón de comidas —le digo cuando terminamos.

—No te preocupes. Siento que te haya tocado un tipo que solo sabe preparar bazofia pretenciosa.

—¿Eso es lo que crees que me parece? —respondo por reflejo. Noto que se sorprende un poco por mi arrebato repentino pero débil—. Quiero que sepas cuánto lo valoro todo. Y te debo una noche también. Si alguna vez vuelves a estar en Nueva York o acabas en Manila por lo que sea...

No dice ni una palabra. Está tan en silencio como la taza de café frío que tiene delante.

Me levanto para ir a buscar mis maletas a la habitación. Tenía una idea en mente y decido hacerlo, no porque quiera hacerle daño, sino porque no quiero hacerme daño a mí mismo. No puedo quedarme con un recuerdo físico de él.

—Quiero devolvértela. —Le entrego la guía de viaje.

—No, no te preocupes —dice, consternado de verdad—. Quédatela, por favor, es tuya.

—Te lo agradezco mucho, pero no me hará falta. Seguro que a otra persona le acaba siendo útil. Podrías regalársela a otro que viniera a verte.

Según lo digo, espero no sonar resentido ni enfadado, y desde luego no quiero insinuar nada ni insultar a ningún futuro visitante. Cuando acepta la guía, me arrepiento de inmediato. ¿Ha sido un error? Sé que, si me la quedo, se quedará tirada en un estante con el único propósito de recordarme a Landon. Por mucho que evite mirarme a los ojos, le veo la decepción y la pena en ellos, y lo último que quería era hacerle daño.

—¿Vas al aeropuerto de Narita?

Asiento.

—El expreso sale de Shibuya dentro de una hora o así.

—Puedes ir en taxi desde aquí. ¿Quieres que te pida uno?

—No, tranquilo. Todavía me quedan viajes más que de sobra en el billete del tren.

—Te acompaño hasta allí, entonces.

Irá conmigo a la estación y, después de despedirnos, yo cruzaré el torno y lo veré darse media vuelta e irse. Volverá hacia Shimokitazawa, el barrio que me ha enamorado, hacia sus calles, hacia el gentío, rodeado de la locura, bajo un aluvión de carteles. Lo veré volverse más y más pequeño y me lo quedaré mirando tanto como pueda hasta que ya no lo vea más. Será más de lo que pueda soportar y entonces sí que lloraré. Así

184

que no, debo ser yo el que se vaya. Prefiero dejarlo aquí así, en este piso, y cuando piense en él este será el recuerdo de nosotros que se me habrá quedado. Aunque se vaya a vivir a otra ciudad, a otro país o a otro continente, yo seguiré imaginándomelo aquí, en la tranquilidad de esta sala, en este perpetuo color gris de ensueño, preparándose algo de comer en el mismo plato mientras fuera hay una explosión de flores de cerezo. Espero tener una respuesta cuando, en el futuro, me pregunte si él también estará pensando en mí. ¿Se acordará de mí al pasar por delante de la cafetería tranquila o del supermercado raro? ¿Dejará la postal en el alféizar hasta que la luz del sol destiña la imagen de la cafetería de jazz? ¿Se quedará mirando la foto que le hice tanto rato que en esos ojos azul claro que tiene acabará viendo un reflejo de mí?

—No te preocupes —le digo—, ya voy yo solo.

Me pongo la chaqueta y me echo las mochilas a los hombros. Me abre la puerta y nos quedamos en el pasillo.

—Cuídate —me dice. Me da un pico para despedirse.

—Adiós.

Cierra la puerta y bajo las escaleras, ya fuera de los confines de ese piso diminuto. Entorno la mirada para acostumbrarme al brillo de la tarde, pero no se me olvida el dolor que le he visto en la mirada cuando le he devuelto la guía. ¿Es posible? ¿Puede ser que, al fin y al cabo, sí que sienta lo mismo que yo? Que la ausencia de tristeza por verme ir sea mentira. Nunca he encontrado el momento apropiado ni la valentía necesaria para confesarle lo que siento de verdad. Y, sea como fuere, eso ya da igual. Quizá no volvamos a vernos. Lo único que tengo que hacer es decirle las palabras que quiero. Puedo salir de esta sin un ápice de dignidad o sin arrepentimientos. Decido cuál de las dos opciones es mejor y con cuál puedo seguir viviendo, como si fuera una cicatriz que me desfigura

185

la cara. Dejo las mochilas en la base de las escaleras y vuelvo a subir. Abro la puerta despacio y lo veo lavando los cacharros en el fregadero. Como está con el grifo abierto, no me oye.

—Landon —lo llamo. Se vuelve hacia mí, perplejo al verme de nuevo en su puerta—. Te quiero.

Las palabras me salen como un ave en una pose peligrosa, batiendo las alas con fuerza hasta alcanzar la certeza del vuelo. El tiempo se ralentiza y capto el momento exacto en el que las palabras le llegan al oído. Parpadea y en los ojos le veo la verdad de lo que opina sobre ello. Antes de que me dé tiempo a prepararme para lo que va a decir, suelta un resoplido burlón por la nariz, como si yo fuera un fan ridículo cualquiera. Sin decir nada, me da la espalda y sigue lavando, indiferente ante mi presencia y sin tener ninguna duda de que, tarde o temprano, este incordio lo dejará en paz, esta... ¿cómo me llamó? Lapa, eso. La devastación que me invade es tan pura como inexpresable, una explosión atómica en el pecho, y debería dar las gracias a todos los cielos de que no me esté viendo la cara. Retrocedo y cierro la puerta al salir. Bajo por las escaleras y recojo las mochilas. Cruzo la pequeña puerta y salgo del callejón, doblo por la esquina del cerezo y piso con cuidado la moqueta de pétalos que ya se le han caído.

En efecto, tal como me imaginaba, no hay ninguna salvación en todo esto, y es lo que me merezco por haber optado por la falta de arrepentimiento en vez de por la dignidad. Salgo hacia Kamakura-dori y, según voy hacia la estación, paso por delante de mi calle. *Solo estás a diez minutos andando de mi casa.* Con las mochilas a cuestas, me parece un trayecto más largo. En la estación, paso el billete que me ayudó a comprar. *Tiene suficientes viajes como para que te dure la semana que vas a pasar aquí.* Y sí que ha sobrevivido todo el viaje; el que casi no lo cuenta soy yo. Me quedo en el andén a esperar a que llegue el tren a Shibuya, rodeado del gentío de siempre... *Imagino que no has muerto en una bola de fuego.* Pues ahora a lo mejor sí, mira tú. Landon y yo no volveremos a hablar nunca más. O, si lo hacemos, será dentro de muchísimo tiempo. Pensaré en él al menos una vez al día durante el siguiente año, más o menos. Ni sabrá que me ha roto el corazón ni le importará, así como tampoco estará al tanto de que los restos de corazón que me quedan se pudren y se vuelven odio. No sabrá cuánto lo detesto por el odio que siento hacia mí mismo, por haber permitido que sucediera todo esto. No sabrá que cada primavera sin falta fracasaré en mi intento de olvidarme de su cumpleaños. Veré alguno de los pocos cerezos de Nueva York que, aunque parezcan no encajar con el lugar, siguen siendo preciosos, y me recordarán que a la misma velocidad a la que florecen se acaban marchitando, igual que ha sucedido con el tiempo que hemos pasado juntos. Muy poco tiempo después ya no quedará ni rastro de las flores y lograré olvidarlo hasta la siguiente primavera.

Un día, en el odio brotará la esperanza de que en algún momento podamos ser amigos. Me darán ganas de saber cómo está, querré compartir con él la noticia de que la cafetería australiano-argentina de la calle 5 ha tenido que cerrar al final de un verano por los duros golpes de la pandemia y de los saqueos, pero me contendré y no le diré nada. Pasearé por la ciudad, más anónima que antes porque todos llevamos mascarilla, como si los cajeros del supermercado japonés hubieran invadido Nueva York. Cruzaré la mirada con un hombre con mascarilla de ojos azules y pestañas invisibles y por un instante creeré que es él. Sin embargo, también estaré seguro de que no puede ser, porque, incluso después de tanto tiempo, esa intensidad excepcional que tiene en los ojos es algo que no se me va a olvidar nunca.

187

Llego a Shibuya mucho antes de lo que había planeado, pero no pasa nada. A juzgar por la cantidad de personas del andén, parece que el tren va a estar llenísimo. De las tres veces que he ido en el expreso, esta es la que más gente hay. No será el viaje tranquilo que esperaba, con los vagones casi vacíos. El expreso llega por fin, reluciente y desenfadado como un juguete. Junto con todos los demás, acabo apretujado en las puertas. La mayoría de nosotros somos de fuera de Japón y la ausencia del orden al que ya me he acostumbrado me saca de cuadro. Le echo un vistazo al billete y voy a mi asiento en la ventana, cerca de la parte delantera del vagón. El tren tardará cinco minutos en salir, y la consternación que me invade aumenta conforme los demás llenan el pasillo y los asientos. Vuelvo a sumirme en el mundo y es en ese momento que noto lo aislado y distante que he estado estos siete días.

Unos minutos después, oigo el aviso en japonés y en inglés que indica que el tren va a arrancar. Las puertas se cierran con un siseo neumático y noto la ligera sacudida cuando el tren sale despacio de la estación. Me quedo mirando por la ventana. El aletargado desfile de postes de electricidad y formas repetidas de cables lacios me lleva al agotamiento. Ahí es cuando todas las emociones me dan alcance, pero las contengo. No quiero ponerme a llorar aquí. En la fila de delante, un par de turistas estadounidenses jóvenes charlan en voz alta con su amigo, que está sentado a mi lado. Si bien preferiría tener un poco más de paz, agradezco oír sonidos que me suenan de un mundo que conozco y que, conforme el tren acelera a su velocidad máxima, vuelve borroso este del que me estoy marchando. Este lugar, este momento y este amor florecen y se marchitan al mismo tiempo.

188

AGRADECIMIENTOS

Dedico esta novela a Alex Gifford por su amor y compromiso férreos, tanto dentro como fuera de mi esfera de escritura. El camino que he seguido hasta publicar la novela ha tomado muchos años y no se ha producido sin pasar por una cantidad poco saludable de rechazos, de modo que, cuando me dijeron que había ganado el concurso Unbound Firsts con esta novela, solo me permití creerme que iba a publicarse cuando vi que el proceso seguía adelante sin escollos.

Las piezas del rompecabezas se fueron juntando con mucha facilidad y, cuando vi por mí mismo que las personas que trabajan sin descanso para que el libro tenga éxito eran reales, admití que su nacimiento era innegable.

Han hecho que este viaje como autor que me ha cambiado la vida haya sido muy pleno y emotivo, muy emocionante y encantador, todo a la vez. Mil millones de gracias a:

Sara O'Keeffe, cuya persistencia en encontrarle un hogar a esta novela me ha transformado de pies a cabeza.

Kathryn Court, por los consejos que me ha dado durante tantos años sobre el ámbito editorial.

Amy V. Borg, quien vio la belleza de la novela en una de sus primeras versiones y desencadenó una increíble serie de sucesos.

En Unbound, a mi editora Aliya Gulamani por defender a los autores de color con su debut. Estoy muy orgulloso de ser uno de los autores de Unbound Firsts.

189

Mi editora Marissa Constantinou, quien ha dirigido todas las fases del proceso. No podría haber pedido una mejor editora.

El incansable equipo de Unbound: Gemma Davis, Kate Neilan, Ilona Chavasse, Rina Gill y Sophia Cerullo. Es un privilegio poder formar parte de un equipo que trabaja con tanta pasión.

Mark Ecob por su dirección de arte y Shiori Fujioka por su ilustración para la portada.

Rachel Ware y nuestro importante verano de 2018.

J Flores Beckett, Badj Galias-Genato, Maia Joven, Samara Naier, Victoria Perlas y Rachel Ware, por leer las primeras versiones. Valoro muchísimo vuestros comentarios.

Oliver Beigel, Kazumi Kudo, Dexter Fabian, quienes ya sabrán de sobra por qué les doy las gracias.

Toby Thompson, poeta extraordinario, campeón de pingpong.

El equipo de apoyo en Londres: Jane Gifford y Jamie Telford en FPHQ, Michael Thomas en Sheridans y Tom Lloyd-Williams en ACM UK.

Melanie Cuevas, por las estrategias de redes sociales y las celebraciones de cada hito.

Gracias variopintas a Mina Peralta.

Por su participación en redes sociales, quienes, en el momento en el que lo escribo, son: Iqbal Hussain, Jane Gifford, Jemma Kennedy, Toby Thompson, Alex Gifford, Melanie Cuevas, Daphne Oseña Paez, Alexey Kim y Marisel Polanco. A todos los demás que hayan llegado después, muchas gracias.

Se me hace imposible mencionar a todos los que me han brindado su apoyo tras bambalinas, de forma indirecta e inconmensurable. Quiero que sepáis que no tengo cómo daros las gracias. Hasta el siguiente libro.